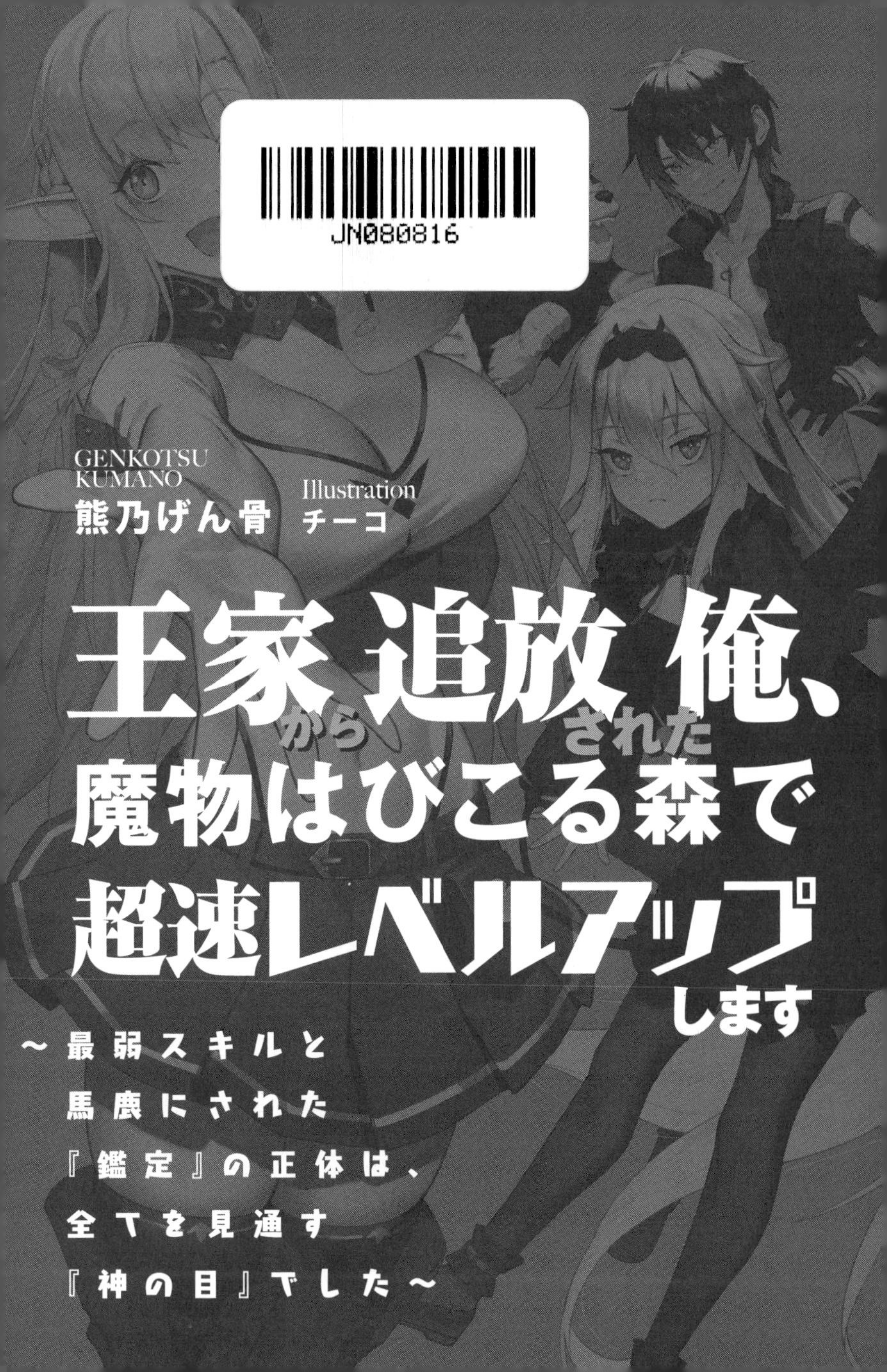

GENKOTSU
KUMANO
熊乃げん骨

Illustration
チーコ

王家から追放された俺、魔物はびこる森で超速レベルアップします

～最弱スキルと
馬鹿にされた
『鑑定』の正体は、
全てを見通す
『神の目』でした～

CONTENTS

第三章　森の異変

本書の主な登場人物紹介

リック・ザラッド（本名リッカード・アガスティア）
本作の主人公。アガスティア王国の第二王子だったが、
外れスキル【鑑定】の持ち主だということが判明して森に追放される。

ソラ
子どものスライム。

リリア・パスキオール・シルフィエイド
森に住むエルフの少女。明るく優しく礼儀正しい性格。

ベル
ケルベロスの子ども。

ヨル・ミストレア
吸血鬼のダウナー系美少女。
小柄で細身。

第一章

飛ばされて大森林

第一話　鑑定

「王子、貴方のスキルは……【鑑定】です」

「え……っ？」

神官の告げた言葉が信じられず、俺は間の抜けた声を出してしまう。

視界がボケて、足に力が入らなくなる。俺のスキルがあの【鑑定】だって？　そんなの信じられない。何かの間違いだ
「も、もう一回調べてくれ！　そんなわけがあるはずない！」

「……リッカード殿下。申し訳ありませんが宣託の結果は絶対、何度やっても変わりありません」

「しかし！」

俺の祖国、アガスティア王国では十七歳になると「宣託の儀」を受ける決まりがある。

そしてその儀で、神より賜った『恩恵《スキル》』を神官より伝えられるのだ。

スキルは大きく『職業系』と『技能系』に分けられていて、俺が手にした【鑑定】と呼ばれるスキルは技能系スキルなのだが、その中でも『最弱』と呼ばれているスキルだ。

このスキルは対象の『名前』が分かるだけのハズレ能力、ほとんど役に立つことはない。

それにこのスキルを持つ人は珍しいわけでもないので、希少性すらない。

「……残念だ」

後ろから聞こえる声に、体をビクリと震わせる。

ゆっくりと背後を見ると、そこにはこの国の王……俺の父親がいた。

「ち、父上。これは」

「言い訳など聞きたくはない。全く嘆かわしいことだ。兄は【賢者】、姉は【聖女】のスキルを得たというのに、まさかよりにもよって【鑑定】とはな。そんな王族、聞いたことがない」

「ぐ……っ」

父上が呆《あき》れるのも当然だ。

王族は強力なスキルを持つことが多い。賢者や剣聖、聖女に魔導師などがそれに当たる。

魔導師になれば強力な魔法を使えるようになるし、剣聖になれば剣の達人になることが出来る。

だけど俺に与えられたスキルは【鑑定】だった。

なんの役にも立たないハズレスキルだ。どんな罰を受けるのか考えるだけで恐ろしい。

「父上、私にチャンスを……」

「もうよい、この無能め。アガスティア王家に弱者はいらぬ。我が愚息、リッカード・アガスティアよ、今日を持って貴様を王家より勘当する！」

「そん、な……」

あまりのショックに視界が黒く染まる。

王家からの勘当、それは実質的な死刑宣告に他ならないからだ。

俺は第二王子。王位を継ぐ可能性が低いとはいえ、それでも王家の恥にならないよう今まで必死に努力してきた。

それなのにこんな宣託ひとつで人生が狂ってしまうのか!?

「そんな横暴、許されるはずがありません！　正当な理由もなく、そんな理由で……」

「理由などいくらでも後からつけることが出来る。そうだな、この前大臣が一人謎の死を遂げていたな。それをお前がやったことにしよう」

「なん、ですって……!?」

あまりにもめちゃくちゃな父上の言葉に、俺は絶句する。

父上は我を通すためであれば手段を選ばないことは知っていた。でもこれはあんまりだ。

なんで俺が殺人の罪を着せられなきゃいけないんだ！

「この大罪人をあそこに連れて行け。もう顔も見とうない」

父上がそう言うと、甲冑《かっちゅう》に身を包んだ近衛兵が俺を取り押さえようとしてくる。

抵抗しようとするが、相手は戦士系スキルを持った一流騎士。俺の力じゃ相手の名前を調べることしか出来ない。

「く、そ……」

あっという間に手枷《てかせ》を嵌《は》められた俺は王城の地下に連れて行かれる。

こんなとこ来たことがない。いったいどこに連れて行くんだ？

「この先に処刑室でもあるのか？」

「…………」

騎士は答えない。

話すことを禁じられているんだろうな。

「だったら……【鑑定】」

騎士の顔を見ながらスキルを発動する
すると空中に文字列が浮かび、騎士の情報を見ることが出来た。

【ダズ・デッカード】
レベル：26
スキル：剣人（剣の扱いが上手くなる）
アガスティア王国の騎士。
最近娘が生まれた。

これが【鑑定】の力か。空中に文字が見えるなんて不思議な力だな。

いったいどういう仕組みなんだろうか、などと考えていると、俺はあることに気がついた。

「……ん？」

なんかやけに情報が多くないか？

【鑑定】は対象の名前しか見れないと聞いたのだが。

それに『レベル』という聞き慣れない単語も気になるな。なんだこれは？

ひとまず分かるところから答え合わせしてみるか。

「……最近娘が生まれたのか？」

「な、なぜそれを!?」

そう言ったあとダズとやらは慌てて口を押さえる。

どうやら娘が生まれたのは本当みたいだ。

「レベルは26、違うか？」

「なにを訳の分からないことを。さっさと進め！」

ふむ。レベルはこいつ自身も知らないようだ。

だけど他の情報は正しそうだから、スキルの故障とかではないと信じたい。

「ここだ、入れ」

地下深くの一室に無造作に放り込まれる。そして部屋の中央部にある足枷を嵌められ動けなくさせられる。

壁も床も冷たくゴツゴツした石で出来ている。まるで牢屋《ろうや》だ。

「もしかしてここに監禁するつもりか？」

「安心してください、元王子。長くは苦しまないと思いますよ」

三人いる騎士達はみなニヤニヤと意地の悪そうな笑みを浮かべている。

前から思ってたけど最近の騎士は質が落ちている。昔はこんなゴロツキみたいな騎士はほとんどいなかったのに。

「この部屋は『転移部屋』なのですよ。王家に相応《ふさわ》しくない者が生まれた時、手を汚さずに処分するためのね」

「……なんだって!?」

ここにいたら危ない。

急いで部屋から出ようとするが、足枷のせいで動けない。

なにか逃げる方法はないかと必死に頭を巡らせていると、一人の人物が部屋に入ってくる。

「無駄だ弟よ。諦めた方がいい」

「兄上……っ」

入って来た金髪の美青年は俺の兄でありこの国の第一王子、フィリップス・フォン・アガスティアだった。

兄上は俺のことを冷たい目で見ている。まさか――

「兄上も私を殺すことに賛成なのですか!?」

「……ああ。国王である父上の決定は絶対。それに出来損ないの弟がいれば次期国王である私の名にも傷がつく。当然の処置だ」

「そん、な……」

確かに俺と兄上は、それほど仲がいいわけじゃなかった。

でも家族だと、大変な時は助け合える存在だと思ってたのに。

兄上、いやフィリップはそんなこと思っていなかったんだ。

クソ、クソ……!

「お前がこれから転移する場所は『魔の森』の異名を持つパスキア大森林。そこには凶悪な魔物が数多く生息していて、一流の冒険者でも生き抜くことは厳しい環境だ。頑張ることだな」

フィリップがそう言って部屋を出ると、床の魔法陣が光りだす。どうやら転移魔法を発動したみたいだ。

「さらばだ弟よ。王国のことは私に任せて安心して逝くがよい」

「待っ……」

扉の向こうの兄上に必死に手を伸ばす。

しかしその手はなにもつかむことはなく……俺の意識は光の中に消失した。

◇　◇　◇

「ん、んん……」

痛む体をさすりながら起き上がる。

目の前に広がるのは一面の木、木、木。どうやら本当に転移してしまったみたいだ。

「ここがパスキアの大森林、か」

その名前は俺も知っている。

アガスティア王国東部にある巨大な森林で、隣国まで広がっている。

その中には凶暴な魔獣が跋扈《ばっこ》していてほとんど人は立ち入らない。しかし森の中には貴重な薬草や鉱物があると言われているので、時折命知らずな冒険者が入るという。

もちろん帰ってきたものはほとんどいないらしいが。

「……ジッとしてても仕方がない。ひとまず歩いてみるか」

だけどどこに向かう？

見る限り森のだいぶ深い所に俺は飛ばされた。数時間歩けば抜けられるなんて甘い考えは捨てた方がいいだろう。

ちなみに付けられていた枷はなくなっていた。転移の対象に入ってなかったみたいだ。

「それにしても、まさかこんなことになるなんて……」

考えないようにしていたけど、捨てられた悲しみがじわじわと心に広がっていく。

父リガルドと兄フィリップから愛されていないのは分かっていた。

魔法も使えず、剣の腕もない。武力こそ正義のアガスティア王国において俺は出来損ないの王子だった。

せめて他のところで役に立てればと政策に口を出して成果を出したりはしたが、父上はそれを褒めてはくれなかった。

いわく王とは君臨するもの。らしい。

政治は臣下に丸投げの父上らしい言葉だ。

優しい母上が生きていればこうはならなかったと思うけど、そんなもしものことを考えても事態は好転しない。

しばらくみっともなく涙を流した俺は、乱暴に目元を拭い覚悟を決める。

アガスティア王国第二王子リッカード・アガスティアは死んだ。その名前はここで捨てよう。

ただ全く新しい名前にするのも面倒だ。愛称であるリックはそのまま使って、姓は死んでしまった母上のザラッドを使わせてもらおう。

「リック・ザラッド。よしこれからはそう名乗るぞ」

まあ名乗る相手に出会えるのかという問題はあるが。

今の俺は王族でもなんでもないただの人間。なりふり構ってはいられない、みっともなくても生き延びてやる。

頭を切り替えるんだ。今やらなきゃいけないことを考えろ。

「ひとまず一番は食べ物と飲み水の確保、そして次に雨風をしのげる場所を探さないと」

読んだ本で冒険家がそう言っていた覚えがある。

もしかしたらあれは作り物語《フィクション》だったかもしれないけど、言ってることは間違っていない……はずだ。

「なにか食べれるものがあるといいけど」

さっそく辺りを見渡してみるけど、どれが食べれるものなのかさっぱり分からない。

草はたくさん生えてるけど、適当に食べるのは危険過ぎる。毒草なんて食べてしまったら一発でアウト。死んでしまうだろう。

だから気をつけないと……って、あ。

「そうだ【鑑定】すればいいんだ」

俺のスキルは【鑑定】。

それを使えば物の名前を知ることが出来る。名前さえ知ることが出来れば毒があるかも見分けが付きやすくなるはず。我ながら名案だ。

「よし、【鑑定】！」

適当に生えてる植物に向かってスキルを発動する。

するとスキルが発動して文字が浮かび上がる。

【イチコロ草】
ランク：D
猛毒を持つ植物。
触るだけで皮膚がただれ、焼けるような痛みに襲われる。

「のわっ!?」

危ない！　もう少しで触るところだった！

こんな危険なものが普通に生えてるなんて、さすがパスキア大森林。恐ろしい場所だ。

「先に【鑑定】しておいてよかった……って、ん？　そういえば【鑑定】は名前が出るだけのスキルのはずだよな。ランクとか説明文まで出たぞ？」

城で騎士に使った時も色々な情報が出た。

もしかして俺の【鑑定】は普通の【鑑定】とは違うのか？

「そうだ。自分に【鑑定】を使ってみたらなにか分かるかもしれないな」

物は試しだ自分の体を目標にスキルを発動してみる。すると、

【リック・ザラッド】
レベル：6
スキル：鑑定（対象の名前を見ることが出来る）
王家を追われた元王子。
少し衰弱している。

やかましわい。弱っているのは俺が一番よく分かっているわ。

……いや、今引っかかるのはそこじゃない。

「やっぱり名前だけじゃなく色々な情報が見れるな。でもスキルは【鑑定】と表示されてるし……ん？」

よく見ると【鑑定】の文字が少しぶれている。スキルの故障か？

そう思ってスキル欄をじーっと見ていると、【鑑定】の文字がパリン！　と割れて、その下から違う文字が現れる。

そこに書かれていたのは、

スキル：神の目（全てを見通す神の権能。その力は過去、そして未来にすら干渉する）

「神の目、だって……!?」

神の名を冠するスキル、それは数千年に一度しか現れないと言われている。

まさかそんなものが俺に宿っていたなんて!

「【鑑定】は偽装《フェイク》だったんだ。なんで俺にこんなスキルが、いや、今はそんなことよりもこれをどう使うかを考えないと」

沈んでいた心が、湧き立ってくる。

この力を使って必ず生き延びてやる。俺は一人そう誓う。

「よし、ひとまず片っ端から【鑑定】しまくるか」

【鑑定】した物は食べられない物がほとんどだったが、中には食べられる物もちゃんとあった。

【パスキア草】

ランク:D

パスキアの大森林固有の植物。ギザギザの葉が特徴。

苦味があるが、生食可能。

苦いのは嫌だが、背に腹は代えられない。

俺は意を決してそれを口にする。

「うぐ。やっぱり苦いけど……食えないほどじゃないな」

一口目こそ結構キツかったが、食べてるうちに段々慣れてきた。

それどころかこの独特の苦味はクセになるな。もうちょっと食べていこう。

「他にもパスキア草はあるかな？」

足下を見ながらそう呟《つぶや》くと、いくつかの草が突然光り始める。

「な、なんだ!?」

爆発でもするのかと驚いたが、その植物は光っただけでなんのアクションも起こさない。

俺は警戒しながらその植物をようく見てみると、なんと光った葉っぱは全てパスキア草だった。

「もしかしてこれも神の目の力なのか？」

葉っぱが光る直前、俺はパスキア草を探そうとしていた。

だから神の目はパスキア草を探して俺にその存在を教えてくれた……そう考えるのが自然だ。おそらくこの光も実際に光ってるわけじゃなくて俺の目だけにしか映ってないんだろう。

事実その葉っぱに手を当ててみたけど手に光は映らなかった。

「一度見たものは記憶して探知してくれるのか。便利な力だな」

試しに「イチコロ草、探知」と言ってみたところ、今度は別の植物が光りだした。俺の仮説は間違ってなかったみたいだな。

この能力はサバイバルに凄《すご》い役立つ。ほんの少しだけど光明が見えてきたぞ。

「よし、パスキア草の補充も出来たことだし進み……ん？」

ポケットいっぱいに食料を詰め込み歩き出そうとしたその瞬間、俺の耳になにかが動く音が入ってくる。

急いで姿勢を低くして耳を澄ませる。

草を踏むような音。どうやらなにかの生き物が近くを歩いているみたいだ。

ゆっくりと、細心の注意を払いながらそっちを見ると、そこには巨大な人型の魔物が二体歩いていた。

（────っ!?）

声が漏れ出そうになるが、急いで口を押さえて事なきを得る。

4mはある巨体に長い耳と鼻に緑色の皮膚。あれはきっと『トロール』という凶暴な亜人だ。見つかれば一瞬で殺され美味《おい》しく食べられてしまうだろう。

「……一応【鑑定】しておくか」

トロールを見ながらスキルを発動する。

【ハイトロール】
レベル：50

トロールの上位種。
体の大きさに見合わず動きは俊敏。

「ただのトロールじゃなくてその上位種のハイトロールだったのか……。あんなの城の騎士が束になっても敵わないぞ」

昔、一体のハイトロールで村が四つ壊滅したと聞いたことがある。この森はあんなのがうろちょろしてるのかよ。見えたはずの希望が一瞬で見えなくなってしまう。

俺は見つからないよう、息を殺しながらその隣を歩いているもう一体のトロールにも【鑑定】を使ってみる。

【トロール】
レベル：35
長い鼻と耳が特徴的な亜人。
体の大きさに見合わず動きは俊敏。

こっちは普通のトロールだった。ハイトロールより体が小さめだったからそうじゃないかと思った。

そしてレベルという存在にも少し当たりがついてきた。

ハイトロールが50でトロールが35。

王国騎士が26で俺が……6。

多分これは強さを表しているんだ。

そう考えると合点がいく。俺が弱すぎて悲しくなるけど。

レベル6とレベル50、戦ったらどちらが勝つかなんて子どもでも分かる。俺は身をかがめたまま、こっそりとその場を去ろうとする。

しかし運の悪いことに、枝の先っぽに服が引っかかってしまい、ガサッ！　と音が立ってしまう。

『ウガッ!?』

長い耳は伊達ではなく、ちゃんと優れた聴覚を持っていたみたいだ。

二体のトロールは俺をすぐに捕捉すると、醜悪な笑みを浮かべながら走り出す。

その口元からこぼれ落ちるのは粘度の高そうな涎《よだれ》。捕まったらあいつらのランチになることは確実だろう。

「くそ……ッ！」

脇目も振らずに森の中を駆け出す。

幸い木が多いおかげで巨体のトロール達は思うように走れていない。すぐに追いつかれるようなことはなさそうだけど、正直捕まるのは時間の問題だ。

体力が尽きるのは俺の方が早いだろうし、地面は石や根っこでつまずきやすくなっている。転んだらすぐに捕まってしまうだろう。

「どこに、どこに逃げれば助かるんだ……！」

誰に言うでもなく呟く。

すると次の瞬間、俺の瞳が反応し……道に光の筋を映し出す。

「なんだよこれ。まさかこの光に沿って走れっていうのか？」

俺の目は全てを見通す【神の目】だ。

ならばもしかしたら助かる『道』も見通せるのかもしれない。

正直信じる根拠は少ないが、これ以外にすがるものがないのも事実。

俺は一縷《いちる》の望みをかけて光の道筋に沿って走る。

『ゴアアアアッ！』

後ろから聞こえる凶悪な叫び声。

すくみそうになる足を奮い立たせ必死に走る。

「こんなところで、死んでたまるかよ！」

いったい何分、何十分走っただろうか。

足が重くなり、筋肉が悲鳴を上げたころ、光の先にある物が出現する。

「これは、家？」

人なんて誰も住んでいないはずのパスキア大森林。

その中にポツンと一軒家が建っていた。

木造のその家は、いたって平凡な家でなにか特別なものには感じない。ごくごくありふれた物に感じる。

でもこの森に普通の家が建っているわけがない。それになにより、俺の目があの家に逃げ込めと教えてくれている。

だから俺は走った。

トロール達はもうすぐ後ろまで迫ってきているが、それは考えず、死にものぐるいで。

生きるんだ、絶対。だから、走れ――

「うおおおおおっ！」

最後の力を振り絞って前方にダイブし、家を囲む柵の内側に入る。

ここまでくれば中にいるであろう誰かが助けに来てくれると信じて。

しかし敷地内に入っても誰も助けに来てくれることはなかった。

ハイトロールは動けなくなった俺をニヤついた顔で見ながら、手を伸ばしてくる。

「ここ、までか……」

もう走る気力はない。

諦めかけたその瞬間、柵を越えようとしたハイトロールの手が思い切り弾《はじ》かれる。

『ゴアッ!?』

痛みに呻《うめ》くハイトロール。

なにが起こったんだ!?

「これはもしかして、結界?」

よく見れば家を取り囲むように半透明な結界のようなものが張ってあった。ハイトロールはこれに弾かれたんだ。

その後もトロール達は何度も結界を殴りつけていたが、やがて壊せないことを悟って諦めた。

「なんとかなった……のか?」

少し休んで息を整えた俺は立ち上がる。

光の筋は家の入口の方に続いている。行くしか……ないよな。

「おじゃましまーす……」

警戒しながら家の中に足を踏み入れる。

外観と違《たが》わず、中も普通の家って感じだ。テーブルに椅子、ベッドなどの家具が置いてあり、更に本格的なキッチンもある。

「人はいなさそうだな」

留守なのか、それとも家主はいないのか分からないが、人の気配はなかった。

見た感じ埃《ほこり》も溜まってないし、誰か住んでそうだけど。

「少し探索してみるか」

この家にはいくつか部屋があるみたいだ。

俺は今すぐ眠って休憩したい欲求を抑えて、家の中を見て回る。

家の中は思ったより広くて、部屋がたくさんあった。

その中でも俺が目を引かれたのは、鍛治部屋だった。やすりや槌、火を起こす炉に金床《かなとこ》。詳しいわけじゃないが、どれも見ただけで一級品だと分かる。

この家の主人は鍛治職人だったのか？

「特にこの金床は立派だな。調べてみるか」

試しに【鑑定】をしてみる、すると

【鍛治神の金床】ランク：ＥＸ
鍛治の神の作り出した最高ランクの金床。
神話級の武器を作り出すことが可能。

「ふぁ!?」

とんでもない鑑定結果に思わず情けない声を出してしまう。

か、鍛治の神が作った金床だって!?　なんでそんな代物がこんな所に!?

ランク：ＥＸというのも意味が分からない。

ランクはＦ〜Ａの順番で位が高くなり、更にＡの上にＳランクが存在する。ＥＸなんてものは聞いたことがない。

だけどこの神が作ったという鑑定が正しいなら、Ｓランクの更に上なのかもしれない。Ｓランクでも国宝級の代物なのに、それより上の物が置いてあるとかどうなってんだ……。

「ひ、ひとまず他の物も鑑定してみるか」

そしたら出るわ出るわ、意味の分からない物が。

治癒神のすりこぎ、豊穣神の鍬《くわ》、創造神の錬金台、炎神の調理台に水神の水差し。更には錆びた聖剣なんて物もあった。

どうなってんだこの家は？

「とんでもない所に来てしまったな……」

呟きながらキッチンにある『超高品質魔導コンロ』と『炎神のフライパン』で料理をする。

料理と言ってもパスキア草を炒めただけだ。しかし炎の神の力のおかげか、それを食べると疲労感が吹き飛び、めちゃくちゃ元気になった。

『水神の水差し』からは無限に水が出てくるし……このアイテム達が物凄い力を持ってるのは間違いないみたいだ。

「勝手に使って怒られるかな……もし帰ってきたら謝りたおそう」

罪悪感は覚えるけど今は非常事態だ。背に腹は代えられない。

謝っても許してもらえなければ、その時はその時だ。

たくさん食べ、飲んで元気を取り戻し休憩する。

次はなにをしようかと考えていると、俺は名案を思いつく。

「そうだ。神の目の力を使えばこの家のことも分かるんじゃないか？」

神の目は全てを見通す力があると書いてあった。

事実俺はこの力のおかげでこの家にたどり着いたのだから。

目に力を入れて念じる。

この家のことが知りたい、と。

すると家の壁の一部が光り出す。

近づいてその壁を触ってみると、突然壁の一部が開き、その裏から一冊の本が現れる。

「これは……？」

それは家主の日記だった。

何月何日になにをしたのかが詳細に書かれていたが、その内容が凄《すさ》まじかった。

聖剣を作り出すことに成功しただの、禁忌の魔法を完成させただの、ドラゴンと友になっただの。

どれも信じられないような内容だ。

家にあった常識はずれのアイテムを見てなければとても信じなかっただろうな。

ぶっ飛んだ内容の日記を読み進めていく。すると最後のページに今までとは違った文が出てきて目が止まる。

『この日記を読んでいる者よ。これを読んでいる頃、きっと私はもう亡くなっているだろう。ゆえに私の遺産全てを読んでいる君に託そうと思う。君ならばきっと悪いことには使わないだろう。自分の思うまま使ってくれ』

「自分の思うまま使ってくれって……本当にいいのか？　もし俺じゃなくて悪い奴《やつ》が見つけてたら大変なことになってただろ」

怪しげに思いながらページの一番下に目を向ける。

そこには日記の主の名前が書き記されていた。

『アイン・ツードリヒ・フォン・アガスティア』……その名前を見た俺は目を丸くして驚愕した。

「この名前、アガスティア王国の初代国王の名前じゃないか!?　ここはご先祖様の家だったのか!?」

アイン・ツードリヒ・フォン・アガスティア。

三百年前の人物だが、今でも国民が敬うほどの大偉人だ。

あらゆる魔法と剣術を使い、その力は空を裂き山を割ったと言われている。

俺の父上も憧れていて、そのせいで力至上主義になってしまった。

「アインは晩年、一人森で過ごされたと聞いたことがある。まさかそれがここことはな……」

この家に入れたのはきっと俺がその血を継いでいるからだろう。

だからアインは日記を読んだ者に遺産を託したんだ。

「ありがとうございます。貴方が残してくれた力、使わせてもらいます」

この家に残された莫大な力。それを使っていいと許しを貰《もら》ったのだからもう遠慮はいらない。

俺は日記をもとあった所に戻して一礼し、行動を再開するのだった。

◆　◆　◆

「お父様！　リックを勘当するなどなにを考えてらっしゃるのですか！」

大きな声が広間に響く。

ここはアガスティア王国の王城にある王の間。城に訪れた者が王に謁見するための間だ。

現国王リガルドは気難しい性格で知られている。

誰もが言葉を選んで発言するが、現在王に相対している者は捲《まく》し立てるように言葉をぶつけていた。その様子を見る騎士達はストレスで胃が痛くなっているのか顔をしかめている。

「マーガレット、お主も知っておろう。あれは出来損ないだ。勘当するのも当然の処置だ」

「しかし！　いくらスキルが弱くても血を分けた実の子どもを捨てるなど……」

リガルドに抗議するのはアガスティア王国第一王女、マーガレット・アガスティア。艶やかな桃色の髪が特徴的な見目麗しい女性だ。

心優しい彼女はリックとも友好な関係を築いており、力がないことで白い目を向けられていたリックの数少ない味方であった。

リガルドもそのことを把握していた。なので彼女が不在の時を見計らいリックのスキルを調べた。

それも全て、リックが弱いスキルを持っていた時、即座に処分するため。

マーガレットを慕う者はそこそこいる。邪魔されれば面倒なことになるからだ。

「アガスティア王国では力こそ全て。弱き息子などいない方がよい」

「……いくら国王といえど勝手が過ぎます」

食い下がるマーガレット。

リガルドは短くため息をつくと、リックに向けたような冷ややかな視線をマーガレットにも向ける。

「くどいぞ。直系ではない貴様が仮にも王位継承権を持てているのは誰のおかげなのか忘れたか。話は終わりだ」

「……分かりました」

リガルドの強い拒絶に渋々折れるマーガレット。

彼女は乱雑に一礼して王の間を去ると、駆け足で自室へと戻る。

部屋の中には一人のメイドが待機していた。

切長の目が特徴的な、整った顔立ちのメイドだ。

彼女は帰ってきた主人に一礼すると口を開く。

「お疲れ様でしたマーガレット様。陛下とのお話はいかがでしたか？」

「やっぱり駄目だったわ。父様も兄様もどうかしてるわ。周りが見えてなさすぎる！」

親指の爪を齧《かじ》りながら、イライラした様子でマーガレットは言う。

人前ではお淑《しと》やかな態度を崩さない彼女だが、ここは自室で見ている人は気の許せるメイド一人。

感情を露《あら》わにしても問題はないと判断した。

「リックは確かに魔法と武術の才能はなかった。でもその観察眼はとても優れていました。時々恐ろしく思えるくらいに」

「そうなのですか？　申し訳ありませんが私は殿下にそのようなイメージを抱いたことはありませんでした」

「それも無理ないわ。リックは目立つことを嫌がっていたからね。きっと自分のしていることを父様に知られたくなかったの。『政《まつりごと》は王のやることではない』というのが父様の考えだからね」

だがリックのことを気にかけていたマーガレットは知っていた。

リックは他国に不審な動きがあった時や、自国で怪しい動きをする権力者が現れた時、誰よりも早くそのことに気がつき、大ごとになる前に動いていた。

無論彼に戦う力はないので、他の人にそれとなく伝えるというやり方しか出来なかったが。

「父様も兄様も力を振るうことしか考えていません。近いうちこの国は大きな混乱に見舞われることでしょう。ああ、なんて愚かなことを……」

もし父と兄が弟の力を認めていれば、この国は盤石であっただろうなとマーガレットは夢想する。

しかしその未来は閉ざされてしまった。マーガレットは悲嘆に暮れる。

「マーガレット様。リッカード様のことはどうしましょうか」

「どなたか雇って捜そうと思います。リン、貴女の伝手《つて》でどなたか見繕っていただけないかしら」

「かしこまりました。しかし場所が場所なだけにお値段は張ってしまうと思われます」

リックが飛ばされた先は恐ろしい噂が絶えないパスキアの大森林。

捜索するなら高ランクの冒険者を雇わなければいけないだろう。

「……分かっています。なんとか工面します」

マーガレットが自由に使えるお金は多くない。

しかしリックは替えの利かないかわいい弟。捜さないという選択肢はなかった。

「我らが始祖アイン様。どうか弟をお救いください……」

マーガレットは月に向かって手を組みながら、弟の無事を祈るのだった。

第二話　模倣

「武器を作ろう」

　ゆっくり寝てご飯を食べた俺は、鍛治道具のある工房部屋に来ていた。

　目的は口に出した通り武器作りだ。今の俺はレベル６、この森では最弱の部類だろう。食料を得るために外に出なくちゃいけないから今のままじゃ駄目だ。

　とはいえいきなり体を鍛えても外のモンスターに勝てるようにはならない。だから最初は『武器』を作ることにした。

　この工房を使う許可はご先祖様から貰うことが出来た。遠慮なく使わせてもらうとしよう。

「これと……これを組み合わせればよさそうだな」

　俺が手に取った物は二つ。

【錆びた聖剣】ランク：？
錆びてしまった聖剣。

神の道具で鍛え直すことで輝きを取り戻す。

【オリハルコン】　ランク：ＥＸ
神の国からしか採れないとされる白く輝く鉱石。
聖なる属性を内包しており、聖剣の材料に使われる。

……まさか伝説の鉱物『オリハルコン』が転がっているとは思わなかった。

これと『鍛治神の金床』があればきっと聖剣を元に戻せるはず。

材料は揃った。道具もある。

だが一つだけ大きな問題があった。

「……鍛治なんてしたことないんだよなあ」

鍛治の知識なんて聞き齧った程度しかない。それなのに聖剣の打ち直しなんて出来るわけがない。

もし失敗したら一個しかないオリハルコンを失ってしまうかもしれないので適当にやってみるわけにもいかない。

どうしたものかと、俺は途方に暮れる。

「……ん？」

立ち尽くしながら部屋を見ていると、なにやら人影のような物が浮き上がってきた。

半透明のそれは、手に剣と槌を持っている。どうやら鍛冶をしているようだ。

「どういうことだ？」

近づいてその様子を見る。

その人物は俺のことなど全く気にせず、ひたすら一生懸命に槌で剣を叩《たた》いていた。俺は鍛冶には詳しくないけど、普通の剣の作り方によく似ているように感じた。

その人物が打っている剣は、俺が持っている『錆びた聖剣』によく似ている。使っている道具も鍛冶神の金床だ。

もしかすると……

「今見ているのは『過去の出来事』、か？」

神の目は全てを見通す。

過去の出来事が見えてもおかしくないのかもしれない。名前を付けるとしたら『過去視《パストアイ》』ってことか。

俺の推測が正しければ、目の前で剣を打っている人物こそ俺のご先祖様、アインその人ということになる。

言われてみれば確かに俺と少し似ている……ような気がする。

「もしかしてこの打ち方を真似《まね》れば、聖剣を元の姿に戻せるんじゃないか？」

そう思い至った俺は、アインの動きをようやく観察する。

するとその動きが体の中にすうっと染み込んでくる。なんだか俺にも出来そうな気がしてきたぞ。

体の中に芽生えた感覚に身を任せ、錆びた剣を炉の中に入れる。

そして充分に熱を持った聖剣を炉から出すと、金床の上にそれを移動させ、今度は力の限り槌で叩く。

アインの動きと同調《シンクロ》させながら、俺は一心不乱に槌を振るう。

慣れない作業で腕が悲鳴を上げるが、構うものか。

「さあ聖剣。その姿を俺に見せてくれ——————」


——————二時間後。

俺の目の前には煌々《こうこう》と輝く素晴らしい聖剣の姿があった。

そして俺はその横に情けなく転がっていた。

「ぜえ……死ぬ……」

体をこんなに長時間酷使したのは初めてだ。

魔法の炉の炎は、普通の炎と比べて熱さをあまり感じないが、それでも二時間ぶっ通しで鉄を打ってたので体中汗だくだ。鍛治って大変なんだな。

「でも、出来た……！」

聖剣は見た目とは反対にとても軽く、手に馴染《なじ》む。

もちろんステータスも素晴らしい。

【聖剣アロンダイト】　ランク：ＥＸ
魔力を無限に生成する伝説の聖剣。所持者は重さを感じない。全てを斬り裂く鋭さと、どんなに衝撃を加えても曲がらない頑丈さを併せ持つ。

「これは高揚《あが》るな……！」

羽のように軽いその剣を軽く振ってみる。

気持ちいい風切り音と輝く刀身が相まってテンションが上がる。

満足した俺は聖剣を収めると外に出る準備を始める。

外は怖いが聖剣があればなんとか戦いになるはず。頑張って食べられる物を探すぞ。

◇　◇　◇

外に出た俺は、一人食べ物を集めた。

神の目の力を使えば食べられる物の場所もすぐ分かる。モンスターもいないし楽な作業だ。

「結構採れたな。これくらいあればしばらくは困らなそうだ」

木の実や葉っぱなど、家の近くに自生する物を集めた。

【ホアバの実】　ランク：A
赤い色をした栄養満点の木の実。
食べると全身に力がみなぎる。

【エルフグラス】　ランク：A
エルフの耳に似た形の葉。薬草。
傷を治す効果があり、すり潰すと最高品質のポーションの材料になる。

取った中にはこんなヤバそうな物まであった。

Aランクの食べ物なんて王族だった俺でもそうは食べられなかった。危険な魔物が多いから希少な植物が残ってるんだろうな。

「いい薬草が手に入ったのも収穫だ。家にあった錬金台でポーションを作ってみるのもいいかもな」

そんなことを言いながら採った物を『次元神の小鞄《ポーチ》』に入れていく。

見た目こそ小さいが、かなり多くの物を入れることの出来る特別な小鞄《ポーチ》だ。おまけにどれだけ物を入れても重くならない凄いアイテムだ。

これも家にあったのを拝借した。

「さて、そろそろ帰るとするか」

やることを終えた俺は帰路につこうとするが、突然寒気を感じて立ち止まる。

そして次の瞬間、木の間から大きな影が姿を現す。

『グゥ……ッ』

「な――――」

俺の倍以上ある巨体。緑色の肌。そして長い耳と鼻。

トロールだ。

『グアァッ！』

トロールは俺を見ると雄叫《おたけ》びをあげ、手にした棍棒《こんぼう》を構える。

口からは涎を垂らし気味の悪い笑みを浮かべている。どうやら俺のことをご馳走だと思っているみたいだ。

「……やるしかないみたいだな」

小鞄《ポーチ》から聖剣アロンダイトを取り出し、構える。

トロールは家への帰り道を塞ぐように現れたので逃げることは不可能。戦うしかない。

「やってやる。やってやるぞ！」

聖剣を握っているとはいえ、怖い。

トロールのレベルは40。それに対して俺はたったの6。その差は歴然だ。

だけど俺は勇気を振り絞って聖剣を振り下ろす。すると、

『グア……？』

まるでバターのようにサクッとトロールの体が縦に斬れてしまった。両断こそ出来なかったが、物凄い量の血が吹き出る。

予想だにしない結果に、俺とトロールは二人して目を丸くする。

「うそ」

呆然《ぼうぜん》とする俺。

一方トロールは気を取り戻し再び俺に襲いかかってくる。相当の深手を負っているのになんて奴だ。

「これで、どうだ！」

今度は横なぎに剣を振るう。

するとトロールの胴体は両断され、そのまま地面に崩れ落ちる。

「はあ……はあ……やった……」

聖剣の力に頼りきりだったが、なんとかトロールを倒せた。

勝利の余韻に浸っていると、突然体がビクン！　と震える。

「なんだ!?」

体に力がみなぎる感覚。

なにか毒でも受けたのかと思って、慌てて自分を【鑑定】してみる。

するとなんということだろう。俺のレベルが6から一気に30まで上がっていた。

王城の騎士より高くなってるじゃないか。これがトロールを倒した成果だっていうのか？

見ればトロールの体は消え去り、そこには奴が手にしていた棍棒と、トロールの牙だけが残っていた。他の肉体はどこにもない。

「そういえばモンスターは死ぬと強力な部位を残して消えるんだったな」

強力なドラゴンなんかは死体が丸ごと残ることもあるらしいが、ほとんどのモンスターは死ぬと消えてしまうらしい。

そしてその生命力はモンスターを倒した者に還元される。

つまりモンスターを倒せば倒しただけ、強くなるのだ。

「こうして数字でどれだけ強くなったのか分かるとテンションが上がるな。レベルも上がったし、今ならハイトロールも倒せそうだな」

【耳長鬼の棍棒】ランク：C
トロールの棍棒。木製。

見た目は悪いが頑丈。

【耳長鬼の牙】ランク：C
トロールの鋭い牙。
すり潰せば薬の材料になる。

戦利品を小鞄《ポーチ》に収納した俺は、上機嫌で帰ろうとする。

すると茂みが動き、またなにかが俺の前に現れる。

「なんだ!?　またトロールか!?」

聖剣を構える俺の前に現れたのは……小さなスライムであった。

「スライム……だよな？」

ぽよんぽよんと跳ねながら、スライムは俺の前に来る。

目のような物はないけどジーッと見られている気がする。いったいどうすればいいんだ？

「敵意はなさそうだけど、どうしたもんか」

いくらスライムと言っても相手はモンスター、油断は出来ない。

俺は聖剣を構え、一定の距離を保ったままスライムを【鑑定】してみる。

【ベビースライム】
レベル：1　状態：友好
スキル：なし
赤子のスライム。

状態、という見慣れない項目がある。

それによるとどうやらこのスライムは俺に友好的みたいだ。神の目がそう見抜いてるんだ、多分間違いないと思う。

それに相手はレベル1。

今の俺なら不意打ちされても簡単にはやられない……と思う。

聖剣を右手に持ったまま近づいて、しゃがむ。

ベビースライムは小さくて俺の拳ほどの大きさしかない。近づいて見てみるとかわいいな。

「お前、一人なのか？」

左手をスライムの前に出して見る。

するとスライムは俺の手に体を擦り付けてくる。まるで子犬みたいだ。

「俺と来るか？」

思わずそう尋ねてしまう。

俺はこの時自分は寂しいんだと自覚した。こんな森の中で一人にされたのだ、そうなって当然だ。

たとえ種族が違っても、誰かが側にいてくれるだけで寂しさはかなり解消されるだろう。

スライムは俺の勧誘を聞いてしばらく考え込むように止まったあと……俺の手にぴょんと飛び乗ってくる。

「よろしくな。俺はリック。お前は……そうか、名前はないのか」

スライムと呼ぶのはあまりにも味気ない。

名前はあった方がいいよな。

「青いからアオ……じゃあまりにもそのままか。どうするかな」

名前をつけたことなんてないのでいいのが思い浮かばない。

俺は空を仰ぎながら考え、そして思いつく。

「そうだ空。お前の色は空の色そっくりだから『ソラ』なんてどうだ？」

そう尋ねると、嬉しそうに俺の手の上で跳ねる。

どうやら気に入ってもらえたみたいだ。

「じゃあよろしくなソラ」

俺は新しい相棒をなでると、家に帰るのだった。

【ソラ（ベビースライム）】

レベル：1　状態：仲間
スキル：なし
赤子のスライム。初めての友達が出来た。

◇　◇　◇

家に帰った俺は『超高品質魔導コンロ』で採った食材を調理し、お腹《なか》を満たした。

スライムのソラは雑食みたいで、木の実をあげると体内に取り込んで消化した。同じ物を食べることが出来るのは助かる。

「ひとまずしばらく生活は出来そうだな。明日は畑でもやってみようかな。それと肉も食べたいな……」

あとは勝てそうなモンスターを倒してレベルも上げたい。そうすれば聖剣が使えない状況になっても生き延びることが出来るからな。

強くなった後は……どうしようか。

俺を勘当した父と見捨てた兄。二人を恨んでないと言ったら嘘になるけど、正直やり返しに行く気はない。

命の危険が去った今となっては、勘当してくれて感謝してるくらいだ。あんな城にずっといたらいつか頭がおかしくなってただろうな。

もしまた俺にちょっかい出してくるようならやり返すけど、そうじゃない限り手を出すのはやめておこう。

あんなのでも国王。もし動けなくなったら国の運営に支障が出て迷惑を被る国民が出るだろうしな。

あの城に残ったマーガレット姉さんのことは少し心配だけど……姉さんは頭がいいし上手くやってくれると思う。

「まあ強くなった後のことは、強くなったら考えればいいか。今はやれることをコツコツとやろう」

そう言ってテーブルの上に置いた小鞄《ポーチ》に手を伸ばす。

中から取り出したのは『エルフグラス』と『耳長鬼の牙』。この二つは薬の材料になると情報にあった。

回復薬《ポーション》。

傷を一瞬で治す魔法の薬だ。

もし回復薬《ポーション》を作ることが出来れば外で怪我《けが》しても安心だ。ぜひ作っておきたい。

回復薬《ポーション》は材料の他に『錬金台』と呼ばれる装置が必要だ。

錬金台はかなり高価で、そのせいで回復薬《ポーション》の値段もそれなりに高い。

でもここには最高クラスの錬金台『創造神の錬金台』がある。

もしかしたら高品質のポーションが出来るかもしれない。今から楽しみだ。

「だけど当然俺に錬金の知識なんてものはない。また教えてもらうか」

そう言って俺は過去視《パストアイ》を発動させる。

すると錬金台の前にご先祖様の幻影が現れる。

それはまるで俺に見せてくれるように、錬金の手順を丁寧になぞっていく。

その流れるような動きを、俺はジッと観察する。

鮮やかで、無駄のない動きだ。神の目がなかったら動きを追うことすら難しいと思う。

「よし……覚えた」

動きを頭に叩き込んだ俺は、錬金台の前に立って作業を始める。

透明なガラス容器に『水神の水差し』で水を入れ、火をつけて熱する。

水が沸騰したら、あらかじめ粉にしておいた『エルフグラス』を容器の中に入れる。

そしてすぐさま錬金台に魔力を流し込む。

「流す魔力はこれくらいで大丈夫かな？」

レベルアップしたおかげで今の俺の体には魔力が満ちている。

まだ魔法を使う技術はないから魔法を使うことは出来ないが、装置に流し込むくらいなら感覚で出来る。

「……色が変わってきた」

容器内の水が、魔力と薬草に反応して緑色に染まる。

これでも回復効果はあるけど、回復薬《ポーション》とは言えない。

俺はトロールの牙を粉状にすり下ろした物をつまみ、容器に投入する。

モンスターの素材に含まれる特殊な魔力は、回復薬《ポーション》の効果を引き上げる。そう聞いたことがある。

牙の粉が入った瞬間、容器の中の液体は急速に色が変わり、もくもくと煙が発生する。

それでも逃げずに魔力を流し続けると……反応は収まり、回復薬《ポーション》は完成する。

「出来た……」

容器の中に残ったのは赤色の液体。

艶やかに光るその液体には豊潤な魔力を感じた。素人の俺が見ても凄い効果を持っているのが分かる。

「【鑑定】」

【レッドポーション】
ランク：A
高品質の回復薬《ポーション》。
赤い回復薬《ポーション》は『神の血』とも呼ばれる。

体力回復だけではなく、欠損した部位も治す効果がある。


「……こりゃまたヤバい物を作ってしまったな」

市場に出回っている回復薬《ポーション》は緑色の物がほとんどだ。

ごく稀に黄色の回復薬《ポーション》も流れてくると聞くが、赤色のは聞いたことがない。

もしこれを売ったらとんでもない値がつくんじゃないだろうか。

「ま、当分街に行く予定はないから関係ないけどな」

そう言って俺はレッドポーションを部屋にあった小瓶に移していく。

一回で小瓶五つ分も作ることが出来た。材料はまだあるし、もう少し作るとするか。

「俺はまだやるからソラは寝てていいぞ。もう遅い時間だからな」

テーブルの上にいるソラにそう話しかけるが、ソラはふるふると体を振ってまだ起きているアピールをしてくる。

ちなみに家に入る時、この家の結界の設定は変えた。

最初は『家主アインの血に連なる者』だけが入れたが、今は『俺と友好関係を結んでいる者』も入れる。

そうしないとソラが家に入れないからな。

「この作業もだんだん楽しくなってきたな。どんどん作るぞ」

こうして俺は夜遅くまで回復薬《ポーション》作りに没頭するのだった。

◆　◆　◆

今まで過ごしてきた村が壊されていく。

焼かれ、壊され、蹂躙《じゅうりん》される度、心も音を立ててひび割れていく。

「はあ……はあ……」

息を切らしながら走るのは見目麗しい少女。

煌《きら》めく金髪に長いまつ毛。

細く引き締まった肢体と、それに見合わぬ大きな胸。男が見れば誰もが振り返り目を奪われてしまうだろう。

彼女は時折振り返りながら必死に森の中を走っていた。

泣きそうになる目にぎゅっと力を入れながら。

『イタゾ！　アッチダ！』

背後から聞こえるのは恐ろしい声。

すくみそうになる足を必死に前に動かす。

「助けを……呼ばなくちゃ……」

こんな森の中に自分を助けてくれる人なんていないことは彼女も重々承知している。

しかし「助けを呼んできてくれ」と自分を送り出してくれた家族と仲間のためにも、彼女は走るしかなかった。

「泣いちゃだめ……行かなきゃ……！」

彼女は走る。

その道の先に希望などないと理解していながらも――

◆◆◆

木から木へ跳び移りながら森の中を駆け抜ける。

俺の眼下を走るのは大きな牛。

名前は『メガバイソン』。レベル60の手強い相手だ。

俺はそいつを狩っている最中だった。

「追いついたぞ……っと！」

狙いを定め、跳躍《と》ぶ。

そしてメガバイソンの背中目がけ思い切り聖剣を振り下ろす。

『ビギィ！』

断末魔と共にメガバイソンは倒れ、アイテムを落とす。

ふう、逃げ回るから手こずったぜ。

俺は朝早くからモンスター狩りに精を出していた。

モンスターを倒せばレベルが上がるしアイテムも手に入る。楽しくなってついつい狩り過ぎてしまう。

「お、いつの間にか俺のレベルも90まで上がってる。こりゃ100になる日も近いな」

そう呟きながらメガバイソンの落とした物を拾い上げる。

【猪突牛の高級霜降り肉】ランク：B
最高級の牛肉。
とろける脂が絶品。

【猪突牛の牙】ランク：B
メガバイソンの太い牙。
すり潰せば薬の材料になる。

「おお！　とうとう肉が出た！　今夜はご馳走だぞソラ！」

俺が喜ぶと肩に乗っているソラも嬉しそうにぷるぷると震える。

かわいい奴だ。

「そういえば敵を倒した時ソラも強くなるのか？　見てみるか」

【鑑定】を発動し、ソラの情報を見る。

【ソラ（スライム）】
レベル：47　状態：仲間
スキル：水刃、超振動
空色のスライム。人懐っこい。

お、ソラもかなりレベルが上がってるな。

ベビースライムから普通のスライムになってるし、もうそこらのスライムより強そうだ。

「……ん？　ソラ、お前スキルを覚えたのか？」

ソラのスキル欄には水刃、超振動と書いてある。

いつの間にこんなものを覚えたんだ？　俺だって一つしか覚えてないってのに、羨ましいぜ。

「水刃ってどんな技なんだ？」

なに気なくそう尋ねる。

するとと突然肩に乗っているソラがビュン！　と物凄い速さで水の刃を吐き出す。

その刃は目の前の巨木をいともたやすく両断し、森の一角を更地にしてしまう。

「……ちょっと強くなりすぎじゃない？」

ドン引きしながらそう言うと、ソラは気分良さそうにぴょんぴょん跳ねる。

おっかない技だけど、頼もしいな。この技があればそこらのモンスターとも充分戦えるだろう。

「次からはソラも一緒に戦ってもらえるか？」

「うんまかせて！」

「そりゃ頼もしい……って、ええ!?」

しゃ、しゃべった!?

驚いて肩に乗るソラを見ると「どうしたの、リック？」とソラが首を傾げるように動く。

や、やっぱり喋《しゃべ》ってる……。

「ソラ、お前喋れたのか？」

「んー、なんか急に喋れるようになった。こう体をぶるぶるってやったら出来たよ」

「そうか……」

確かに喋っている時、ソラは体を細かく震わせている。

もしかしたらこれはスキル『超振動』の効果かもしれないな。

体を喉のように震わせて、声を出しているんだ。スライムってそんなことが出来るんだな、不思議な種族だ。

「話せるようになって嬉しいよソラ。これからもよろしくな」

「うん！」

頼もしい味方を得た俺は再び狩りを再開しようとする。

すると、その瞬間森の中に女性の叫び声が響いた。

「なんだ⁉」

声は結構近くから聞こえた。

モンスターに襲われているのだとしたら、まだ助けられるかもしれない。

「……よし」

なにかの罠《わな》の可能性はある。

でも助けられるかもしれない人を見捨てるなんて俺には出来ない。気づけば俺は声のした方向に駆け出していた。

五分ほど森の中を駆け抜けた俺は、森の中を走る人物を二人見つける。

一人は大きな体をしたモンスター。赤い皮膚に頭に生えた角、あれは大鬼人《オーガ》と呼ばれる凶悪なモンスターだ。

そしてオーガから逃げるのは金髪の少女だった。

歳《とし》は俺と同じか、少し下くらいだろうか。とても整った顔立ちをしている綺麗《きれい》な人だ。

でも俺は顔よりも気になる所があった。

「あの長い耳。まさかエルフか？」

ツンと尖《とが》った長い耳。それはエルフの特徴だ。

森の中に住む希少種族エルフ。

弓と魔法が得意な彼らは、人間の前にはあまり姿を現さず、森の中に里を作ってひっそりと生活している。

中には冒険者になるエルフもいるそうだけど、俺は城からほとんど外に出たことがないのでエルフを見るのは初めてだった。

「ひとまず助けなきゃな」

速度を上げた俺はオーガの背中に迫る。

俺の接近を感じ取ったのか、オーガは振り向いて俺と目を合わせるが、もう遅い。俺の聖剣は既に振り抜かれている。

「終わりだ」

高速で放たれた剣閃が、オーガの首を刈り取る。

頭を失った体は数歩歩いた後、その歩みを止め、その場に崩れ落ちる。あの状態で歩くとはたいした生命力だ。

「大丈夫か？」

　エルフと思わしき少女に近づき、話しかける。

　彼女はオーガが死んで気が抜けたのかその場に座り込んでしまっていた。よく見れば体のあちこちが擦り切れている。逃げた時に傷ついたんだろう。

「安心しろ、俺は敵じゃない。オーガは倒したからもう大丈夫だ」

「あ、ありがとうございます……助かりました……」

　震えた声で彼女は喋る。まだ恐怖が抜けきっていないようだ。

　無理して聞き出すのも気が引ける。どうしたもんかと考えていると、彼女はなにかを思い出しハッとすると、大きな声でこう言った。

「た、助けを呼んでください！　このままじゃ私の家族が、同胞が全員殺されてしまうんです！」

第三話　エルフの少女

「殺されるだって？」

「そうなんです！　早くしないと……！」

そこまで言ってエルフの少女は立ち上がろうとするが、足に力が入らずその場に膝をついてしまう。

どうやら相当疲れているみたいだな。

「まず一回落ち着こう。俺はリック、あんたは？」

「私の名前はリリアと申します。見ての通りエルフです」

そう言って彼女、リリアはぴょこぴょこと耳を動かす。

「分かったリリア。落ち着いて話を聞かせてもらえるか？」

「はい……分かりました」

リリアは辛《つら》そうな表情でゆっくりと語り始める。

「昨日のことです。突然大勢のオーガが私の住んでいる村を襲ってきたんです。私達は当然抵抗しましたが……オーガは強く、私達は敗北しました」

涙をぽろぽろと流すリリア。

よっぽど怖い目にあったんだろうな。

「私の仲間達は村で一番大きな木の上に建物を作って籠城しています。しかしオーガ達が相手では長くは保たないと思います。だから私は外の人に助けを求めに来たんです！」

リリアは真剣な表情で俺を見る。

「貴方は森の外から来たんですよね？　でしたら外で強い人達を呼んでいただけないでしょうか？　お金は……それほど持っていませんがお支払いします。それでも足りないのであれば……か、体でお支払いいたします、奴隷として売り払っていただいても構いません。ですので、どうか家族と仲間だけは……」

涙を必死にこらえながらリリアは懇願する。

なんて強い子なんだ。

俺は彼女のもとにしゃがみ込むと、その肩に手を置く。

「……残念ながら俺は外から来たわけじゃない。この森に住んでいるんだ」

「へ？　この森に？」

「ああ。だから助けを呼びに行くことは出来ない。だけど……」

不安に揺れる彼女の瞳を見ながら、俺は力強く言い放つ。

「君の仲間は、俺が守る」

俺に残る一番古い記憶は、母上と過ごした時の会話だ。

幼い頃の俺は優しい母上のことが好きでよく甘えていた。

『民を救える強く、優しき王になるのですよ』

それが母上の口癖だった。きっと母上は父上が力に溺《おぼ》れてしまうのが分かっていたんだと思う。

だから俺と兄上にそう言っていたんだ。

——ごめんなさい母上。俺はもう王にはなれません。

でも母上のように優しく立派な人にはなってみせます。

だからどうか空の上から見守っていてください。

「しっかりつかまってろよ！」

俺はそう言って森の中を全速力で駆け抜ける。

背中にリリアを背負いながら。

「ひいぃっ！　速すぎますっ!!」

背中の上で泣き叫ぶリリア。

可哀想だけど我慢してもらうしかない。

「あなた何者なんですか!?　普通の人間はここまで速く走れませんよ！」

「まあ色々あってな」

神の目を持っていると言っても信じてもらうのは難しいだろうし、なにより俺の身の上を話すには時間が惜しい。今は一刻を争うからな。

「あ、そこの木を曲がってあっちに……」

「大丈夫分かってる。こっちだろ？」

「へ？　なんで分かるんですか!?」

俺の目には神の目が映し出した光の筋がはっきりと見えている。

この先にエルフの村があるはずだ。俺は気を引き締めてスピードを上げるのだった。

◆
◆
◆

森に住むエルフは、当然のごとく森での戦闘に長《た》けている。

木々の間をすり抜けるように矢を飛ばす弓の腕。自然の力を味方につける魔法の数々。

彼らは森の中であれば、たとえ相手が『竜』であっても負けない自信があった。

しかしその自信は、いともたやすく崩れさることになった。

「これで全員か!?　急いで中に入れ！」

樹上に作られた家の中に逃げ込むエルフ達。

彼らの村は既にオーガの手により壊滅させられてしまい、無事な家はエルフ達が避難している建物のみになってしまった。

「来たぞ！　弓兵前へ！」

エルフの族長リシッドの号令のもと、弓兵達が矢を放つ。

その矢は進軍してくるオーガ達に降り注ぐ。しかしオーガ達は手にした武器でそれらを打ち払い、勢いを止めることなく向かってくる。

「化け物め……魔法を放て！」

今度はエルフの魔法使い達が魔法を放つ。

エルフの得意とする風の刃が複数放たれ、オーガの体に命中する。だがオーガ達の着用している鎧は硬く、その刃を弾き返してしまう。

何人かのオーガは刃が鎧を装備していない部位に当たりその場に崩れ落ちるが、まだオーガは百人以上いる。戦況は変わらずエルフが不利であった。

「……まだ戦える者は何人いる」

「弓兵が十名、魔法兵が五名、そして戦士が二十名ほどになります。後は負傷し動くことが出来ません……」

「そうか」

族長はギリ、と歯嚙《はが》みする。

普通オーガと戦う時は、三人一組で戦うようにしている。それほどまでにオーガは強く、厄介な存在なのだ。

だというのに今はオーガの方がエルフの約三倍の兵力がある。

勝機がないのは明らかであった。だが、

「……女子どもだけは逃さなければならぬ。そのためには我々が奴らを抑えなければならない。悪いが私と共に死んではくれぬか」

族長のその言葉に彼の部下は驚いたように目を開き……そして笑みを見せる。

「もちろんです。お供いたします」

他のエルフの戦士達も族長の言葉に頷《うなず》き、同意する。

「……感謝する。お前達は私の誇りだ」

族長は自分の得物である槍を手にし、近づいてくるオーガを見る。

「行くぞエルフの戦士達よ！　我らの民を守るのだ！」

族長の言葉に鼓舞されたエルフ達はオーガの群れに突撃する。

仲間を守るため、決死の覚悟を決めたエルフ達の攻撃にさすがのオーガ達も押される。

『グ、コイツラ……！』

「はあああっ！」

エルフの必死の攻撃の前に、一体、また一体とオーガは倒れる。

しかし戦力の差はすぐに結果となって現れる。

「はあ……はあ……」

普段以上の実力を発揮したエルフ達は数分で体力の限界が訪れ、動きが鈍くなってしまう。

そこにオーガ達はその怪力でエルフ達を圧倒し始める。

そして遂にオーガの内の一体がエルフ達を突破しその奥に入り込んでしまった。

「しま……っ」

彼らの背後では戦えない女性と子どもが避難を始めている。

そちらには最低限の戦力しか割いていないので、襲われたらひとたまりもない。

族長が急いで戻ろうとするが、他のオーガがそれを許さない。

『ドコヘイク！　キサマノアイテハオレダ！』

「卑劣な……！」

振り下ろされるオーガの斧をなんとか受け止める族長。

そうしている間にオーガの一体が逃げるエルフのもとにたどり着いてしまう。

護衛についていたエルフがオーガに果敢に切り掛かるが、呆気《あっけ》なく切り伏せられてしまう。

同胞の血で赤く染まる斧を見た女性と子どものエルフ達は顔を青ざめ絶望する。

「やめて……」

懇願するがオーガは当然聞く耳を持たない。

女子どもを逃せば、いずれその子や孫が復讐《ふくしゅう》に来ることは容易に想像がつく。それを看過することは出来ない。

『シネ』

振り上げられた斧が下ろされる。

終わった。誰もがそう思ったその瞬間、戦場を一つの影が駆け抜ける。

「そこまで――――だ！」

駆け抜けた影は思い切りオーガを蹴り飛ばす。

するとオーガの巨体は空中を舞い、地面に落下する。数百キロは下らない巨体が飛ぶなどあり得ない光景だ。

エルフとオーガ、両者ともに驚き目を丸くする。

「……なんとか最悪の事態が起こる前に着いたみたいだな」

現れたのは黒髪の少年であった。

エルフでもオーガでもないただの人間の出現に両陣営は困惑する。

その人間は辺りを確認した後、背負っていた少女を下ろす。

よほど速く走ったのか、その少女は目を回していた。

「大丈夫かリリア？　立てるか？」

「ひゃ、ひゃい。大丈夫でしゅ」

ふらふらとしながらも、その少女、リリアは自分の足でしっかりと立つ。

そんな彼女のもとに、エルフの族長が駆け寄ってくる。どうやら上手くオーガを振り払えたようだ。

「リリア！　どうして戻ってきたんだ!?」

「パパ！　よかった無事だったのね！」

族長リシッドと少女リリアは親子であった。

父の無事を知ったリリアは瞳に涙を浮かべる。

「外の人間に助けを求めてくるって言ったでしょ。だから戻ってきたの」

「それは建前ではないか！　私はお前に逃げて欲しかったのだ！」

人間がエルフを助けに危険な森に来る可能性は低い。

冒険者であれば依頼という形で引き受けてくれるかもしれないが、とても依頼出来るようなお金は用意出来ない。

しかしリシッドは娘に生き延びてもらうために、助けを求めるよう命じたのだった。

「……そうだったのね。でも安心してパパ。私凄い人を連れてきたから」

「凄い人だって？」

リシッドの視線が、黒髪の青年に移る。

エルフから見ても、容姿の整った青年だ。しかし体の線は細く戦士には見えない。

とてもオーガの大群に勝てるような人物には見えなかった。

その青年、リックはリシッドと目を合わせると、力強くこう言った。

「任せてください。この村は俺が守ります」

リックは相棒のソラを肩に乗せながらオーガ達のもとに駆け寄る。

すると彼の前に一体のオーガが立ちはだかった。

「ニンゲンゴトキガ……！」

そのオーガはさきほどリックが蹴飛ばした者だった。

もう少しでエルフを殺せたところを邪魔され、怒っている様子だ。

【鑑定】……レベルは60、か。さすがオーガ、トロールより強いな」

「ナニヲワケノワカラナイコトヲ！」

手にした斧を振り上げ、オーガが襲いかかってくる。

リックはその一撃を横に跳んでかわし、小鞄《ポーチ》から聖剣アロンダイトを抜き放つ。

剣閃が煌めき、オーガの肉体が両断される。

あまりに一瞬の出来事に、オーガは自分が斬られたことを理解する間もなく命を落とす。

「残念だったな。俺のレベルは90、神の目の力を使わなくても負けはしない」

リックは聖剣を握り締めながらオーガの群れに突っ込む。そして押し切られそうなエルフを助けるようにオーガを次から次へと斬り伏せていく。

「な、なんだお前は!?」

「後で説明する！　俺が中央から切り開くから援護してくれ！」

エルフにそう言ったリックは、宣言通りオーガ達の中に突っ込んでいく。

しかしエルフ達は突然の出来事に混乱し、動けずにいた。すると、

「皆の者！　あの若者をサポートするのだ！」

戻ってきた族長リシッドがそう命じる。

そのおかげでエルフの戦士達はリックを援護し始める。

「よいのですか長《おさ》。見知らぬ人間の手を借りて」

「娘が連れてきた人物だ、私はリリアを信じる。それにこのままではどうせ負ける、あの若者に賭けるしか道はない」

◆　◆　◆

俺は大勢のオーガを相手に大立ち回りを繰り広げていた。

斬っては回避、斬っては回避を繰り返し着実に数を減らしていた。

「さすがに数が多いな！　疲れてきた！」

すると一体のオーガが背後より忍び寄り、俺の背中を斬りつけてくる。

しかし俺はその一撃を背後を見ることもなくかわし、即座に反撃する。

『ナ、ゼ……！』

「【神の目】は全てを見通す……背中は俺の死角じゃない」

俺は360度、全ての角度を見ているように感じることが出来ていた。集団戦においてこれ以上に役立つ能力はないだろう。

「お、この斧よさそうだな。貰っておくぞ」

倒したオーガが落とした『大鬼人の禍斧　ランク：B』を拾い、右手に聖剣、左手に斧の二刀流になる。

オーガの斧はそれなりに重いけど、その重さに見合ったパワーがあった。もちろん切れ味は聖剣より数段落ちるけど、オーガ相手なら問題なさそうだ。

「ぐわっ！」

背後から聞こえる声。

どうやらエルフの一人がオーガに手傷を負わされたみたいだ。

助けに向かいたいところだが、今俺はオーガに囲まれてしまっている。遠距離の攻撃手段を持っていない俺はどうすることも出来ない。

「……そうだ。ソラ、水刃を使えるか？」

「えーと、うん。たぶん出来るよ」

「よしっ。ソラ、水刃だ！」

そう命令を出した途端、ソラから超高速で水の刃が発射される。

そしてヒュッ、という風切り音とともにエルフにとどめを刺そうとしていたオーガが両断されてしまう。うわ、相変わらず凄い威力だ。

「よくやったな、偉いぞ」

「えへへ」

やっぱりソラは頼りになる。

この戦いが終わったら美味しいものをたくさん食べさせてあげないとな。

……とそんなことを考えながらオーガ達を倒していると、一際大きなオーガが俺の前に現れる。

見るからに他のオーガとは強さの桁が違う。こいつがボスか？

「我はオーガの長、ガルム。貴様には死んでもらう」

「上等だ。やってみな」

まずは相手の能力を確認する。

【ガルム（オーガジェネラル）】
レベル：80
オーガの中でも特に強い個体。
赤い体皮は鋼鉄以上の硬度を誇る。

「オーガジェネラルか。名前は聞いたことがあるな」

並の戦士では歯が立たない凶悪なモンスターだ。

小さな国がこいつ一体に滅ぼされたという話も聞いたことがある。

前の俺なら目の前に立っていることすら怖くて出来なかっただろう。

でも今の俺は違う。

正直……負ける気がしない。

「死ね！」

ガルムと名乗ったオーガジェネラルが、手にした巨大な斧を振るう。

俺はその一撃をオーガから奪った斧で受け止める。

すると俺の手にした斧は衝撃に耐えきれず刃が欠けてしまう。

「……せっかく手に入れたのに壊しやがって。代わりにその斧、貰い受けるぞ」

「やれるものならやってみろ！」

ガルムは高速で何度も何度も斧を打ち付けてくる。

俺はその攻撃の数々を、かわし、受け流し、時に受け止めた。

「どうした!?　守ることしか出来ないか!?」

「……覚えた」

そう呟いた俺は、相手の斧を弾き、お返しとばかりにオーガの腹を思い切り蹴り飛ばす。

「ぐうっ!?」

口から血を流しながら、オーガはなんとか踏みとどまる。

頑丈な奴だ。

「俺は戦闘経験がまだ乏しいからな、お前の動きを見させてもらった。おかげでだいぶコツはつかめた」

手にした聖剣を器用に振り回して見せる。

うん、だいぶ手に馴染むようになったな。

「なにを馬鹿なことを。武器の扱いはすぐに身につくものではない!」

「ああ普通はな。でも俺にはこの『眼』がある」

「なにを訳の分からないことを!」

ガルムは激高し、斧を振りかぶる。

その動きはもう見た、学ぶことはもうなさそうだな。

「――――じゃあな」

思い切り踏み込み、聖剣を横に振るう。

「馬鹿、な……」

硬い鬼の肌でも聖剣の一撃に耐えることは出来ず、オーガジェネラルはその場に崩れ落ちるのだった。

『バ、バカナ……！』

オーガジェネラルを倒すと、周りのオーガ達は途端に動揺し攻撃の手が緩む。

ボスがやられると戦意を失うのは獣もモンスターも同じみたいだな。

「今帰るなら見逃してやる。だがまだ戦うというのなら……貴様らの親玉と同じところに送ってやろう」

『グ、ググ……』

オーガ達は少し悩んだ後、背中を向けて逃げ帰っていく。

何体かは残った奴もいたが、数体であればなんの問題もない。エルフ達と協力して手早く処理をした。

「これでひとまず一安心か」

神の目の力を使ってみたが、隠れているオーガの姿はない。

戦いは終わったと見て良さそうだな。

「……ん？」

エルフ達がいた方に戻ると、なにやらエルフ達が一箇所に集まっていた。

その中心にはリリアがいる。いったいどうしたんだ？

「なにかあったか？」

「リックさん！　父が……！」

リリアは泣きながら俺に縋《すが》り付いてくる。

どうしたのかと見てみると、なんとリリアの父であり族長のリシッドが胸から大量の血を流して倒れていた。

息は荒く顔は青ざめている。どうやらオーガとの戦いで重傷を負ってしまったみたいだ。

「リック、殿……」

「喋ると傷が開きますよリシッドさん。安静にしてください」

横になっているリシッドさんの側にしゃがみ込む。

酷い怪我だ……斧で胸をざっくりとやられたみたいだ。

「村を……皆を助けてくださりありがとうございます。お礼をしたいのは山々ですが……私はもう逝かねばならないみたいです」

「パパ！　死んじゃイヤ！」

「リリア……お前を残して逝くのは心残りだが……お前なら大丈夫だ。強く優しいお前なら」

リシッドさんは最後の力を振り絞って娘の頭をなでる。

その様子を他のエルフ達も涙ながらに見守る。

この人達は本当に強い絆《きずな》で結ばれている。形だけの家族だった俺の家族とは大違いだ。

死んでほしくない。素直にそう思った。

「リシッドさん。これを」

「これは……？」

俺が取り出した赤い液体の入った小瓶を見て、リシッドさんは首を傾げる。

小瓶の蓋を開け、俺は傷口にその液体を豪快にかける。

すると瞬く間に傷が塞がり、出血が止まってしまう。

はは、さすが最高級の回復薬《ポーション》だ。効果は絶大だな。

「痛みが……引いた!?　なんという回復力、こんなポーション見たことがない……!!」

リシッドさんの顔に血の気が戻る。

それを見たリリアは父親に飛びついて泣き、周りのエルフ達も頬を濡《ぬ》らしながら喜ぶ。

「まだレッドポーションは余裕がある。傷ついている人がいるなら使ってくれ」

俺はありったけのポーションを近くにいたエルフに渡す。

「いいのか？　こんな希少なものを……」

「ああ、構わない。好きなだけ使ってくれ」

「……ありがとう、感謝する。貴殿は我々の救世主だ」

深く頭を下げた後、そのエルフは去っていく。

救世主、か。国を追われた王子にしては分不相応な称号だな。

だけど悪い気分じゃない。無能の烙印《らくいん》を押された俺でも人を助けることが出来たのだから。

「オーガを撃退していただいただけでなく、傷まで直していただけるとは……なんとお礼をしていいものやら……」

「気にしなくて大丈夫ですよ。俺がしたいことをしただけですから」

申し訳なさそうにしているリシッドさんに、俺はそう言うのだった。

◇　◇　◇

その日の夜、エルフ達は大きな宴《うたげ》を開いた。

まだ壊れた家は直ってないし、傷が癒えてない人もいるけど、それでも勝利を喜ぶことは大切だ。

被害はあったけど彼らの多くは生き残り、今後もこの森で生き続けることが出来るのだから。

「リック殿！　こちらを召し上がってください！」

「喉は渇いておりませんか!?　エルフの秘蔵酒、ぜひご賞味あれ!!」

俺はその宴で熱烈な歓迎を受けていた。

オーガを倒した直後は、突然現れた俺を怖がっている人もいたけど、その後の復旧作業を手伝っている内にその壁もなくなった。

今では英雄のようにちやほやされている。むず痒《がゆ》いが悪い気分じゃない。

「うん、このお酒美味しいですね。爽やかなハーブの香りがとてもいい。エルフがこのような物を作っているとは知りませんでした」

「ははは、そのお酒は人里に降りることはまずないですからね。お気に召していただけたようで嬉しいですよ。樽《たる》で持って帰りますか？」

「……では瓶でいただけますか？　それだけあれば保ちますので」

さすがに樽を空けるほど酒豪ではない。

それに一人で飲んでも寂しくなるしな。ソラはまだ子どもだから飲ますわけにもいかないし。

「それにしてもこんな賑《にぎ》やかな食事は初めてだ。いいもんだな、こういうの」

王都にいた頃は、毎日高級な料理が並んだ。

しかし食事中はほとんど会話がなく、常に重い空気が流れていた。母上がいた頃はそうじゃなかったけど、亡くなってからは毎日葬式みたいな空気だった。

そんなところで食っても味なんてほとんど感じない。今の食事の方がずっと美味しく感じる。

と、そんなことを考えているとソラがきょろきょろとしていることに気づく。なにか気になるのか？

「どうしたソラ」

「あ、えっと……さっき、そこの子が、ぼくにあそぼって」

「ああ。なるほど」

村の復旧作業をしている時、ソラがエルフの子どもに話しかけられているのを見た。その時に後で遊ぼうと声をかけられたみたいだ。

「もちろん行ってもいいぞ。寝る時はちゃんと帰ってくるんだぞ」

「うん！　ありがとリック！」

ぴょんぴょんと跳ねながら、ソラは子ども達の集まっている場所に向かう。

そこらのモンスターよりずっと強いソラだけど、まだまだ心は子ども、遊びたい盛りだ。子どもと遊ぶのはいい経験になるだろう。ぜひ友達をたくさん作って欲しい。

「……と、なんだか父親にでもなった気分だな」

そうボヤきながら料理を口に運ぶ。

一応十七歳にもなれば家庭を持つ男性も多い……らしい。城に引きこもっていた俺は普通の市民の暮らしとふれ合う機会が少なかったから、知識は全て本や使用人の話だけだ。

せっかく自由の身となったのだから、街に行ってみるのもいいかもな。

森での暮らしは楽しいけど、街でしか体験出来ないこともある。

……よし。レベル１００を超えたら街に行ってみよう。そこまで強くなればどんなトラブルに遭っても生きて帰ることが出来るだろう。

そんなことを考えていると、エルフの一人が俺のもとにやってくる。

「リック様、お食事中のところ失礼します」

「ん？　どうしたんだ？」

「長がリック様に来ていただきたいと申しております。お手数ですがあちらまで足を運んでいただいてよろしいですか？」

「リシッドさんが？　分かった」

俺はエルフに案内されるまま、近くの小屋に入る。

家のほとんどは壊されてしまったので、木で骨組みを作り、葉で屋根を作っただけの簡素な家だ。だけど風通しはいいので案外過ごしやすそうではある。

わりと作りもしっかりしてるし、簡単に壊れることはなさそうだ。エルフの木を扱う技術は人間より高いかもな。

「お体は大丈夫ですか？」

小屋に入り、中のベッドで横になっているリシッドさんに話しかける。

その隣には娘のリリアが座っている。

「お呼びだてすみませぬリック殿。本来であればこちらから足を運ばねばならぬところを……」

「構いませんよ。まだ疲れも残っているでしょう」

リシッドさんの傷はレッドポーションの効果により完全に癒えた。

しかしポーションで心の傷を癒やすことは出来ない。目の前で仲間を何人も失いながら戦い続けたリシッドさんはかなり精神を消耗してしまっていた。

俺はリシッドさんの隣に置いてある椅子に腰を下ろす。リリアとは逆側なので彼女と向かい合う形になった。

いったい俺になんの用があるんだろうか。

「どうされたんですか?」

そう尋ねると、リシッドさんは座りながら姿勢を正し、俺に深々と頭を下げた。とても一族の長が取っていい行動じゃない。俺は焦る。

「やめてください。俺みたいな怪しいやつに頭を下げるなんて」

「今頭を下げずしてなにが長でしょうか。貴方の身分がなんであろうと私達を救ってくださったのは紛れもない事実。その感謝を示すためであれば頭くらいいくらでも下げます」

俺はその言葉を聞いて感動した。

国王である俺の父上は絶対にこんな行動には出ないからだ。

もし父上がリシッドさんみたいな人だったら、アガスティア王国もまともであっただろう。俺が追放されることもなく、平和に暮らせていたと思う。

でもそんな未来はもう訪れない。今を生きて行くしかない。

「……その感謝、ありがたく頂戴します。では私から一つ、お願いをしてもよろしいでしょうか」

「はいもちろん。我々が出来ることであればなんでもおっしゃってください」

「ありがとうございます。俺はエルフの方々と『友人』になりたいのです。それを認めていただけますか?」

「……そんなお願いでよろしいのですか？」

　リシッドさんは驚き目を丸くする。

　隣に座るリリアも「へ？」と首を傾げている。

「実は俺は故郷を追われ、森の中で一人……今はソラがいるので二人で暮らしています。そのせいで友人は他に誰もいません。もしエルフのみなさんと友人になれるのでしたら、これ以上嬉しいことはありません。ソラも皆さんのことが気に入っているみたいですしね」

「なんとそのような事情が……！」

「うう、リッグざんがわいぞうでず……」

　驚くリシッドさんと、大粒の涙を流すリリア。

　この人達は本当にお人好しだな。

「分かりました、そのような事情があるのであれば、ぜひ友人……いえ、迷惑でなければ我らの『家族』として迎え入れさせてください。きっと他の者達も喜ぶでしょう」

「家族って、エルフじゃないのにいいんですか？　俺はただの人間ですよ？」

「確かに前例はありませんが、ないのであれば作ればいい。ぜひ貴方を我らの『名誉氏族』として迎え入れさせてください」

　そう言って差し出された手を、俺は迷うことなく握り返した。

「これで我々は『家族』です。いつでも帰って来てくださいね」

「わ、私も家族ですからね！　たくさん遊びに行きます！」

「はい……ありがとうございます」

こうして身一つで捨てられた俺に、新しい家族が出来た。

帰る場所がある。それだけで俺の心はすっと軽くなるのだった。

◆　◆　◆

「なぜ、なぜこうも上手くいかない！」

広間に大きな声が響く。

白く染まりつつある髪をかきむしりながら、その人物は言葉を続ける。

「言ってみろ。なぜこうも失態が続く。言え！」

「ひっ……」

怒りに満ちた瞳を向けられ、臣下は呻き声を漏らす。

少しでも機嫌を損ねてしまえば、即座に自分の首が切られてしまう、彼はそう直感した。

「へ、陛下。落ち着いてください」

「落ち着けだと？　これが落ち着いていられるわけがないだろう！　今こうしている間にもアガスティア王国の国力は低下していっているのだぞ！　なぜ、なぜだ！」

そう叫ぶのはアガスティア王国の現国王にしてリックの実の父親、リガルド・ツードリヒ・フォン・アガスティアであった。

「一月前までは全て順調だった。国土を増やし、財政も問題なく、人材も潤っていた。しかし今はなんだ!? 他国の侵攻に屈し、財政は悪化。挙句の果てに次々と人が離れる始末。なぜこのような事態になった、なぜこの事態を収束出来ない！」

しんと静まり返る広間。

広間には現在詰められている宰相バフォート以外にも臣下の者がいたが、誰も言葉を発さず固く口を閉じていた。

今大事なのは、自分が王に詰め寄られないこと。もし目立ったことをして自分が不興を買ってしまえば最悪この場で斬首を命じられかねない。

ここにいる者がそう思うまでに国王リガルドは乱心していた。

「……では、失礼を承知で申し上げさせていただきます」

長い沈黙の後、宰相のバフォートが口を開いた。

その目は覚悟が決まった者の目であった。周りの臣下達は「まさか、言う気か」と動揺する。

「此度《こたび》の王国の混乱、その要因の一つはリッカード殿下がいなくなられたことにあると思います」

「……どういうことだ。なぜ、今あの出来損ないの名前が出てくる」

気温が下がり、空気が重くなる感覚。

宰相含め臣下の者達は自分の心臓が握られているような感覚を味わった。

リガルドの放つ威圧感はそれほどまでに強く、今まで胃に穴を開けた臣下の数は両手では数え切れない。

しかしそれでもバフォートは屈することなく言葉を続けた。

「陛下もご存知でしたはず。リッカード殿下は政治の才がありました。特に人を見極める力は群を抜いており……その力に王国は助けられていました」

「ふん、王に政《まつりごと》の才など不要。政治が出来てないのは貴様らが無能だからではないか」

「それは……そうでありますが」

バフォートは困ったように眉を下げる。

彼らだけで国が回っていないのは事実。その点は彼も反省するところだった。

しかし沸点の低い王に振り回されている臣下《かれら》が、全力で政治に向き合えていたかというと、それは肯定出来ない。リックはその穴を埋めていたのだ。

「殿下がいなくなったことで、殿下が勧誘《スカウト》した優秀な者達は去って行ってしまいました。その中には〝炎騎士〟ウルバーンに〝竜姫《りゆうき》〟アンリまで……。あれらがいなくなっては北の戦線は維持出来ませぬ」

バフォートが挙げた二人の人物は、王国を引っ張っていくに値する素晴らしい才の持ち主達であった。

　しかしその二人が忠誠を捧《ささ》げたのは『国』ではなく『リック』ただ一人であった。彼のいない王国に用はないと、二人はリックがいなくなってすぐに王国を去ってしまった。

「あの裏切者どもめ……なぜリッカードなどに忠義を……」

　リガルドは血管がぶち切れそうなほど顔を赤くする。

　彼はリックがいなくなった後も、その二人はこき使ってやろうと思っていた。

　しかしその野望は潰《つい》えた。彼にとって最悪の形で。

「ですので陛下。この事態を収束するためにどうか殿下を王国に戻す手立てを……」

「ふざけるなッ！」

　リガルドの一喝で、広間が静まり返る。

「あいつを戻す、だと？　馬鹿馬鹿しい！　あの不出来な息子はもう死んだ。二度と戻ってくることはない。もしもう一度でもそのような世迷言《よまいごと》を抜かせば……その頭と胴体を斬り離してやるからな」

「ぐっ……！」

　ここまで言われてしまえば、バフォートは打つ手が残っていなかった。

　むしろリックの名を出して生きていられるだけ幸運だろう。

「話は終わりだ。お前達だけでこの事態を収拾するんだ。その為なら民を犠牲にしようが構わん」

　リガルドは最後にそう言って臣下達を解散させた。

結局今回の集まりで決まったことはなに一つない。それなのに山積みの問題を片付けろと言われたのだから臣下達の顔は暗い。

「殿下……今どこにいらっしゃるのですか……」

バフォートは誰に言うでもなくそう呟くのだった。

第二章 二人の来訪者

第一話　来客

「さて、お楽しみの戦利品チェックといきますか」

「おー」

エルフの村で一晩過ごした俺は、自宅へと帰っていた。

俺はオーガの大群を倒したわけだが、村の復旧作業が忙しくて落とした武器や素材を適当に小鞄《ポーチ》にしまったままにしていた。

だが全部の武器や素材を持ってきたわけではない。

エルフ達も物が足りなくて困るだろうから普通のオーガが落とした物は分けてあげた。エルフ達は遠慮してたけど、無理矢理渡してきてやった。

「ええと『大鬼人の角』が三十個に『大鬼人の禍斧』が五個。それと『大鬼人の鉄棍棒』が三個、と」

オーガのドロップ品は全てBランク。普通のお店には中々並ばない高級品だ。

だが今回の目玉はこれではない。

「こりゃあ中々良さそうだな……！」
俺が取り出したのは、オーガジェネラルのガルムが落としたアイテム。
あいつが使っていた斧に硬く鋭い角と謎の丸薬。どれも普通のオーガが落とした物とは格が違う。
「どれどれ、【鑑定】」

【大鬼将軍の赤角】ランク：A
大鬼人の中でも歴戦の猛者、大鬼将軍の赤い角。
すり潰せば高価な薬となる。

【大鬼将軍の無双斧】ランク：A＋
大鬼人の中でも歴戦の猛者、大鬼将軍の得物。
圧倒的な重さと破壊力を持つ。その刃は血を吸うことで鋭利になる。
禍々《まがまが》しい見た目に反して扱いやすい。

【鬼哭丸《きこくがん》】ランク：A
大鬼人秘蔵の丸薬。
口にすると一定時間鬼のごとき筋力を得る。

その製造方法は大鬼人の中でも一部の者しか知らない。


「おお。どれも凄そうだな」

無双斧を手に取って軽く振ってみる。

ふむ、確かに大きさの割に扱いやすい。少し重いが振り回せない程じゃないな。

聖剣だけに頼るのもよくないからこれも持ち歩こう。

「角は後で薬の材料にするとして……なんだこれ？」

鬼哭丸《きこくがん》という名前の丸い薬を手に取る。

見た目は普通の薬だ。こんな物が大鬼人秘蔵の薬なのか。

「まあAランクだから効果は確かなんだろうな。でも一回しか使えないのはもったいないな。いつ使えばいいいやら」

そうぼやきながら丸薬をじっと見る。すると、

「ん？」

【鬼哭丸《きこくがん》】
↓錬金台で製造可能
材料

・大鬼人の角（大鬼将軍の赤角でも可）
・エルフグラス
・アオシアの木皮
・トロルツリーの根

「お、お、お!?」

なんと鬼哭丸《きこくがん》の材料が表示された。

まさか見ただけでそんなことまで分かるなんて……神の目の力、恐るべしだ。

「アオシアの木とトロルツリーは森の中にたくさん生えていたな、今度採取しておくか。くく、楽しくなってきたな」

錬金と鍛冶はやっていて楽しい。王子のままでいたら一生やることはなかっただろうから、そこは追い出されて感謝だな。

もっと色々な物を作ってみたい。

と、そんなことを考えていると突然家の扉が開く。

「おじゃまします！　遊びにきました！」

元気な声でそう言ったのは、エルフのリリアだった。

長い耳をぴこぴこと動かしてご機嫌な様子だ。

「よう。もう来たのか。村はいいのか？」

「はい！　むしろパパ……族長が会いに行ってこいと言ってました！」

「そうか、ならいいんだが」

リリアが入ってきたことで家の中が一気に賑やかになった。

たまにはこういうのも悪くないな。

「ソラちゃんもこんにちは！　遊びに来たよ！」

「わーい！　やった！」

ソラもリリアに懐いているみたいだ。

村にいる時話しているのを見かけたからその時に仲良くなったんだな。

「ところでリリア、昼は食べたのか？」

「へ？　まだですけど」

「そうか、ならちょうどいい」

にやりと笑った俺は、机に置いてある小鞄《ポーチ》の中からある物を取り出す。

「こ、これは……!!」

「おー！　おいしそー！」

リリアは目を丸くして驚き、ソラはテンションが上がる。

無理もない、これを見れば誰でもそうなるだろう。

「リックさん、これって」

「これは『猪突牛の高級霜降り肉』。今日の昼はこれを食おうと思ってたんだ。お前も食べていくだろ？」

俺がそう尋ねると、リリアは口の端によだれを浮かべながら首を思い切り縦にぶんぶんと振る。

「おお……お肉の脂がきらめいてます……」

猪突牛の高級霜降り肉を見ながら、リリアは呟く。

すっかり心を奪われたみたいだな。

「聞いといてなんだが、エルフって肉も普通に食えるんだよな？」

「は、はい！　大好物でしゅ！」

「そっか。ならいいんだ」

エルフの村で食べた食事は、野菜と魚が多かったけど、肉料理も普通にあった。

あれは俺だけに用意された物じゃなく、みんな食べてたんだな。

「あ、でも大人のエルフはあまり食べないですね。若いエルフは普通に食べますけど」

「ふうん。じゃあリリアも好きなんだな」

「はい！　お肉大好きです！」

耳をぴこぴこ動かしながら興奮気味に言う。どんだけ好きなんだよ。

「じゃあ待ってな。最高の肉料理を見せてやるよ」

俺は少し前にご先祖様の料理の動きも神の目で『模倣《トレース》』した。予習は完璧だ。

「────いくぞ」

超高品質魔導コンロ、点火。

炎神のフライパンを一気に熱する。肉は脂身が多いから油を引く必要はないだろう。

まるで宝石のように輝く霜降り肉を、一気にフライパンで焼く。

「焼くぞ！」

一気に脂が溶け出し、じゅうじゅうといい音を鳴らす。それと同時に部屋の中に肉のいい匂いが充満する。背後から聞こえる「ぐう」という腹音は、リリアのものだろうか。

「ここで塩をひとつまみ……と」

家のキッチンに備え付けてあった『星塩《ほしじお》』を振りかける。

なんとこの塩、空から振ってきた星を削って作った物らしい。

ランクは脅威のS。そんな高価な塩どこ探してもないだろ、いったいご先祖様はどこからこんな物を見つけてきたのやら。

「さ、出来たぞ」

完璧な焼き加減で肉を皿に移した俺は、テーブルの上にそれを置く。

「な、なんですかこれは。こんなに美味しそうなお肉、見たことありません……！」

「ぼくおなかすいたっ！」

肉を食い入るように見る二人。

全く、食い意地の張った奴らだ。

俺は肉を切り分け、まずはリリアに渡す。

「ほら、食え」

「で、ではお言葉に甘えていただきます……」

リリアは意外にも器用にナイフとフォークを使って肉を切り、口に運ぶ。すると
「〜〜〜〜っ♡♡♡」

声にならない声をあげて悶絶《もんぜつ》する。

どうやら気に入ってもらえたみたいだな。

「ほれ、ソラも食え」

一口大に切った肉をフォークで刺し、ソラの体内にズボッと入れる。

すると中でしゅわしゅわ泡が出てあっという間に消化されていく。

「おいしー！」

「そうか。そりゃよかった」

二人が食べたのを見てから俺も口に運ぶ。

うん、確かにこれは美味《うま》い。城で食ったどの料理よりも美味しく感じる。

「あ、ソラちゃん！　ここおいしそうですよ！　食べますか？」

「うん！　ちょーだい！」

仲良さそうに食事を楽しむ二人を見ながら、こんな時間がずっと続いたらいいなと俺は思うのだった。

◇　◇　◇

「リックさん。今日はなにかするんですか？」

美味しい食事を終え、椅子に座ってゆっくりとしているとリリアがそう尋ねてくる。

ふむ……どうしようか。

特になにをするか考えてなかったな。

「食料は……ひとまず足りてるから急いで狩りに行くまでもないか。レベルも今は上がらないからなあ」

俺のレベル表示は今「レベル：99（ＭＡＸ）」となっている。

どうやらこれ以上レベルが上がらないようだ。

レベルが99以上にはならないのかと思ったけど、その考えはソラを【鑑定】して覆ることになった。

【ソラ（変幻自在《ヴァリアブル》のスライム）】
レベル：１０２　状態：仲間　好感度：１３４（上限突破）
スキル：水刃、超水刃、酸弾、超振動、変形
空色のスライム。リックが大好き。
体を様々な形に変形することが出来る。

色々気になることはあるが、一番大事なのはレベル。

なんとソラはレベル１００を超えていたのだ。

その影響か種族まで変化……いやこれは進化か？　までしていた。

重要なのはレベルが更に上がるってところだ。きっと俺にもその方法がある。

その方法も探さなければいけないが、まあリリアが遊びに来てるんだ。今それをする必要はないか。

「あ、そうだ。やろうとしていたことがあったんだ」

あることを思い出した俺は、ある部屋に向かう。

リリアもその後をついてくる。

「ここは……？」

「ここは倉庫だ。色んな物が置かれている。武器もあるから気をつけろよ」

「わ、わかりました。気をつけますっ」

錆びた聖剣や、オリハルコンもこの倉庫に眠っていた。

この部屋にはまだまだ未鑑定の物品が残っていて、入る度ヤバそうな物を見つけてしまう。

「確かこの辺に……あった」

俺が取り出したのは一本の鍬《くわ》。土を掘り起こす道具だ。

だが普通の鍬がこの倉庫に眠っているわけもなく。

「リックさん。その鍬の先っぽ、もしかして『金』で出来ているんですか？」

「ああ。かっこいいだろ？」

鍬の先端の金属部分は、光り輝く黄金で出来ていた。

武器などは錆びている中、この鍬はなぜか錆びることなくその輝きを保ち続けていた。

もちろん見た目だけじゃなくてその性能も破格だ。

【豊穣神の黄金鍬】
ランク：ＥＸ
豊穣神の祝福を受けた黄金の鍬。
どのような土地でも植物が育つのに適した肥沃な土地に変えることが出来る。

一回死んでしまった土を蘇らせるのは難しいと聞く。それこそ何年掛かりでやるような作業のはずだ。

しかしこの鍬で耕すだけで、それが可能らしい。

戦闘能力こそないけど、聖剣に負けないくらいぶっとんだ能力をしていないか？

「リックさん。もしかして畑を作るのですか？」

「ああそうだ。肉とかは狩りでとれるけど、美味しい野菜はあまりないからな。畑作業にも興味があったしやってみようと思ったんだ」

これも王族のままだったら絶対経験出来なかったものだ。

父上や兄上は絶対やりたがらないだろうな、こういうの。だけど姉さんは好奇心旺盛なタイプだから食いつきそうだ。飽きるのも早いからすぐ俺に丸投げしそうだけど。

「畑を作るということは、リックさんはしばらくここから離れるつもりはないってことですか？」

「まあそうだな。たまに街に行くくらいは考えてるけど、この家を拠点にするつもりだ」

「そうなんですね。よかった」

なぜかリリアは嬉しそうに笑う。

不思議な奴だ。

「家から出てすぐのところに畑を作るのに良さそうなスペースがある。リリアも来てくれるか？」

「あ、はい！　もちろんです！　野菜と言ったらエルフですからね、お手伝いしますよーっ！」

なぜかやる気満々なリリアと共に、外に向かう。

家を出てすぐのところに平らな土地がある、俺はそこを畑にしようと思っていた。

「ここでやるんですか？」

「その予定だ」

「ふむふむ、なるほど」

言いながらリリアは土を手に取ってよく観察する。

あれでなにか分かるのだろうか？

「含有魔力《マナ》の比率は問題ないですね。栄養も普通、畑の土としての適性は可もなく不可もなくといったところでしょうか」

「凄いな。見ただけでそんなことまで分かるのか」

「えっへん。これくらい任せてください」

得意げに胸を張るリリア。

試しに土を鑑定してみると、

【一般的な土】

極めて一般的な土壌。

畑としての適性はC。

おお、出た。

こんなことまで分かるとは【鑑定】の万能さは凄いな。

しかし俺でも土が分かってしまうと知ったらリリアが落ち込んでしまうだろう。可哀想だから黙っておこう。

「ところでリックさん。なにを植えるかは決まっているんですか？」

「ああ。倉庫で見つけた種を植えてみようと思ってる。なんの種かは分からないけど、これは俺のご先祖様が残してくれたもの。きっと役に立つものだと思う」

「へえ！　それは育つのが楽しみですね！」

【鑑定】すればこの種がなんの種なのかは分かるだろう。

でもそれじゃあ面白くないなと思い【鑑定】はまだしていない。

育った時のお楽しみ、というやつだ。

「さて、じゃあさっそく耕すとするか」

普通であれば雑草を抜いたり、肥料を用意したりしなきゃいけないんだろうが、俺には「豊穣神の黄金鍬」がある。

一回この鍬の力のみで畑を作ってみるとしよう。それで駄目だったらまた手を考えればいい。

「よい……しょっと！」

鍬を振り上げ、地面に振り下ろす。すると
「ひゃえっ!?」

リリアがびっくりした声を上げる。

彼女は信じられないといった顔で地面を見ている。いったいどうしたんだ？

「リリア？」

「あ、すみません！　びっくりしちゃって」

リリアはそう言いながら俺が耕した部分の土を手に取り、しげしげと観察する。

「こ、これとんでもないですよ！　魔力《マナ》の含有量、含まれる栄養、どれも完璧です……！　こんな土、見たことありません！」

興奮した様子で熱弁するリリア。

どうやら豊穣神の力は本物のようだ。一応俺も【鑑定】しとくか。


【祝福の土壌】

神に愛された土地。

どのような作物も等しく最高ランクに育つ。

畑としての適性はSS。

「とんでもなく魔改造されてる……」

これはリリアが興奮するのも無理ないな。今からどんな植物が育つのか楽しみだ。

「それじゃどんどん耕して種を植えるとしよう。手伝い頼むぞ」

「まっかせてください！　どんどん頼ってくださいね！」

こうして俺はリリアと共に畑づくりに勤《いそ》しんだ。

とはいっても金の鍬で耕し、種を植え、『水神の水差し』で水を撒《ま》いただけだけどな。

でも道具以外の部分、例えば種を植える間隔などはリリアがアドバイスしてくれた。

そうして作業すること約一時間。種植えと水撒きが終わった俺とリリアも土にまみれていた。

慣れない作業で疲れたけど中々楽しかったな。

「ふう、終わった。ありがとうリリア、手伝ってくれて助かったよ」

「いいえ！　私も楽しかったです！　お手伝い出来ることがあったらまた呼んでください！　すぐ飛んで行きますのでっ！」

ふんす！　とやる気満々でリリアは言う。

リリアは元気で素直で優しい、今まで俺が見たことのない、本当にいい子だ。

そんな彼女の頭が、俺の手の届くちょうどいい位置に来てたので、俺はつい衝動的になでてしまう。

「ひゃえ!?」

「わ、悪い！　いい位置にあったのでつい」

急いで手を離そうとすると、なんとリリアはその手をガシッとつかみ、無理やり自分の頭に乗せてきた。

ど、どういうことだ!?

「い、嫌じゃないので大丈夫です！　もっとなでてもいいんですよ!?」

顔を赤く、耳をぴょこぴょこ動かしながらリリアはそんなことを言ってくる。

なんだこのかわいい生き物は……。許可を得てしまった俺はリリアの顔を、普段ソラをなでる時みたいに無遠慮になでもみしだく。

「り、リックしゃん……しょれはやりしゅぎ……」

頭をなで、頬をもみ、顎下をさする。

すべすべモチモチでなんとも手触りがいい。ソラの体もひんやりしていて気持ちいいが、リリアも負けていない。これはソラに好敵手《ライバル》出現だな。

「ちょ、もう終わり！　もう終わり、です！　さわりすぎー！」

「おっとごめん。つい気持ちよくてな」

怒られてしまった。

年の近い女の子とあまり接した機会がないから、距離感が分からないんだよなあ。気をつけないと。

そういえば【鑑定】で『好感度』が見られるようになってたから、後で見てみてもいいかもな。

嫌われてないとは思うけど、一応確認しときたい。

そんなことを考えていると、突然リリアが遠くを見て「あれ？」と声を出す。

その方向に目を向けると、ソラが小さな獣みたいなものとなにかしていた。

「あれ襲われてるんじゃないですか!?」

「あそこは結界の中だから、敵意がある奴は入れないはずだが……見に行ってみるか」

ソラになにかあったら大変だ。

俺はリリアと共にソラのもとに駆け足で向かうのだった。

第二話　地獄の番犬

「ちょっと！　くすぐったいってば！」

「わふっ」

「……どうなってるんだこれは」

ソラのもとに駆け寄った俺は、奇妙な光景を見て首を傾げる。

「遊んで……いるようですね」

「リリアもそう見えるか」

ソラと謎の獣はじゃれあっているようにしか見えない。

どっちも楽しそうだ。

「なんだあれは？　黒い犬、か？　森にいたのが迷い込んで来たのか？」

「うーん。あんな獣見たことないですけどね。なんて種類なのでしょう」

森に長く住んでいるはずのリリアですらその獣を知らなかった。

しょうがない、ひとまずなんて種類なのか調べてみるか。

「【鑑定】」

【ケルベロス（幼体）】
レベル：21
冥府に生息する地獄の番犬。
強靱《きょうじん》な顎と優れた脚力を持つ。
通常三つの頭を持って生まれるが、稀に頭が一つの個体も生まれる。

「ケ、ケルベロスだって!?」

地獄の番犬、ケルベロス。

俺でも知っている有名な幻獣だ。

そんなもんがなんで俺の家に来ているんだ。

俺は見た情報をリリアに教え、考えを聞く。ちなみに彼女に俺が少し特殊な能力を持っているのは既に伝えてある。

リリアは最初こそ「へ!?　ケルベロス!?」と驚いたが、まだ幼体で力も強くないことを知り落ち着きを取り戻す。

「ケルベロス、ですか。そんなに珍しい生き物がこの森に住んでいるなんて話は聞いたことがあり

初回版限定
封入
購入者特典

特別書き下ろし。

ソラの朝ルーティン

※『王家から追放された俺、魔物はびこる森で超速レベルアップします　～最弱スキルと馬鹿にされた『鑑定』の正体は、全てを見通す『神の目』でした～』をお読みになったあとにご覧ください。

EARTH STAR NOVEL

ソラの朝ルーティン

「むにゃむにゃ、んん……あさ?」

家の中に朝日が差したことで青色のスライム、ソラが目を覚ます。

彼はベッドの上で「ふあ」と大きな欠伸《あくび》をする。

そして隣で寝ていたリックがいないことに気がつくと、ベッドから飛び降りてリビングに向かう。

「わふっ」

リビングに入ると、小さな犬がソラのもとに駆け寄ってきてソラの体をぺろぺろと舐める。

「あははっ、くすぐったいよベルー」

スライムとケルベロス。野生では一切接点のない
の種族であるがソラとベルはとても仲が良かっ
ばらくじゃれあった後、ソラはベルに尋ねる。

ックがどこにいるか知ってる?」

と、ベルは扉の方を見て吠える。

だね！　ありがとう！」

玄関までぴょんぴょん跳ねて向かい、最後にぴょん！　と大きく跳ねてドアノブを掴む。普段はまんまるころころなソラだが、腕を生やして細かい作業をすることもできるのだ。

「よいしょ、と」

器用にぶら下がりながら扉を開けたソラは、そのまま外に出る。

そして外で剣を振っている人物のもとに向かっていく。

「リック！　おはよう！」

勢いよくぴょんと飛び跳ね、ソラはリックの胸に飛び込む。

突然のことにリックは少し驚くが、跳んできたソラをしっかりと受け止める。

「おはようソラ。今日も元気いっぱいだな」

「うん！」

リックは一旦朝の特訓を止め、ソラのぷるぷるの体をなでる。ソラはそれを気持ちよさそうに受け入れる。

「ソラもとっくん、やる！」

しばらくなでられていたソラはそう言うと、家から小さな木剣を持ってくる。

そしてリックの隣に並ぶと、リックが剣を振るうのに合わせて自分も剣を振るう。

「えい！　むん！」

見様見真似で剣を振るうソラ。リックはそんなソラを「上手いぞ、筋が良いな」と褒めながら自分も鍛錬して汗を流す。

しばらくそうしていると、一人の人物が森から現れ家に近づいてくる。

「おはようございます！　二人とも朝からお元気ですね！」


眩い笑みを浮かべながらやって来たのはエルフのリリアだった。彼女を見たソラは、嬉しそうに「おはよう！」と彼女の胸に飛び込む。

リックも一旦鍛錬を止め、彼女に挨拶する。

「おはようリリア。朝から来るなんて珍しいな」

「えっと、朝にいい野菜が採れましたので、ぜひリックさんたちにも食べてもらいたいと思いまして来ちゃいました」

彼女の手にしている木製のバスケットの中には、溢れんばかりの野菜や果物が入っていた。そのどれもがみずみずしくて美味しそうだ。

「それは嬉しいな、ありがたくいただくよ。あ、そうだ、リリアも一緒に朝ごはん食べていかないか？」

「いいんですか？　じゃ、じゃあぜひっ！」

「わーい！　リリアもいっしょ！」

ソラは楽しそうにリリアの胸の上でぴょんぴょん跳ねる。ソラはみんなと一緒にご飯を食べることが大好きだった。

ソラたちは並びながら家の中に戻る。朝ごはんの準備をするためにキッチンに向かうリックは、歩きながらソラに話しかける。

「そうだ、ヨルを起こしてくれないか？　ご飯だぞって」

「うん！　まかせて！」

ソラは元気よく返事をすると、ヨルが寝ている部屋に向かう。朝が弱いヨルを起こすのは、ソラの仕事であった。

「ヨルー、朝だよー！」

「んん……あと五時間……」

布団にくるまっているヨルは、眠そうにそう言う。

しかしソラは布団の上でぴょんぴょん跳ねて起こそうと頑張る。

「そんなに待ったらおひるになっちゃうよ！　リリアもきたからおーきーてー！」

「わ、わかった、ソラ。わかったから大きな声出さないで……」

ヨルは眠そうに目をこすりながら布団から出てくる。

そしてソラを自分の頭の上に乗せると、リビングにやってくる。

「ふあ……おはよう、リック、リリア」

「ヨルちゃん。おはようございます」

「起きたか。おはようヨル。ソラもお仕事ご苦労さま」

「えっへん」

リックに褒められ、ソラは得意げに胸を張る。

ヨルが席に座ると、リックとリリアもテーブルの上に朝食を置き、席に座る。ソラとベルもテーブルに寄ってくる。

「それじゃあソラ、いつものお願いできるか？」

リックがそう尋ねると、テーブルの上に乗ったソラが頷き、毎朝言っている言葉を口にする。

「いただきます！」

元気いっぱいにソラがそう言うと、リックたちも同様にその言葉を口にする。

それを見て満足そうな表情をしたソラは、温かいご飯を口にする。

「おいしー！」

嬉しそうに声を出すソラ。これがいつもソラが過ごしている穏やかな日常だ。

少し前までソラは一人で暮らしていた。その時は味わえなかった幸せな生活。こんな日々がいつまでも続いてほしい、ソラはがつがつとご飯を食べながらそう思うのだった。

ません。どうしてここに……」

「普通ケルベロスは頭が三つらしいけど、こいつは一つだ。それが関係あんのかな」

言いながらケルベロスに手を出す。

最初は警戒していたケルベロスだが、次第に近寄ってきて頭を手に擦り付けてくる。なんだ、かわいいじゃないか。

「わ、私もモフっていいでしょうか……？」

はあはあと荒い息遣いをしながらリリアがにじり寄ってくる。

許可するとおっかなびっくりながらもケルベロスを存分に愛《め》で始める。ケルベロスという存在は怖いが、小動物をかわいがりたいという欲求には勝てなかったみたいだ。

しばらく堪能したリリアは、ケルベロスから離れて呟く。

「この子、もしかしたら捨てられたのかもしれませんね」

「捨てられた？」

「はい、体に切り傷のようなものがいくつか見られました。爪の形からすると同族である可能性が高いと思います」

「へえ、そんなことまで見て分かるのか」

エルフは視界の悪い森の中で狩りをする種族。

俺ほどではないが目がいい。

「この子は他のケルベロスより頭の数が少ないです。つまり……」

「捨てられた。もしくは迫害されていた、か」

「……はい。同族に故郷を追い出され、ここパスキアの大森林にたどり着いた。そう考えるのが一番自然です」

他の者と違う特徴を持った者、他の者より劣る者は、迫害の対象になる。

それは人も獣も同じだ。

俺だってそうだ。

王族の中で出来損ないだったから、捨てられた。目の前のこいつと同じだ。

そう考えると親近感が湧くな。

捨てられたのに目が死んでないのも好感が持てる。

「なあお前、強くなりたいか？」

しゃがんでケルベロスに目線を合わせ、尋ねる。

ケルベロスは俺のことを真剣な目でじっと見つめてくる。

「お前を追い出した奴を見返したいか？」

ケルベロスはしばらく黙った後、力強く「わふっ！」と返事をする。

どうやら覚悟は決まっているようだ。

「よし。じゃあお前もこれから俺の仲間だ。一緒に強くなって俺達を馬鹿にした奴らを見返してや

ろうぜ！」

「わふっ！　わふっ！」

ケルベロスは嬉しそうに尻尾を振りながら俺の頬をペロペロと舐《な》めてくる。

こうして俺達にまた新しい仲間が加わったのだった。

◇　◇　◇

「ギュオオオオオオッ！」

木々を揺らすほどの咆哮《ほうこう》をあげながら飛ぶ大きな影。

鎧より硬い鱗《うろこ》に、剣より鋭い牙。

鳥より速く飛び、鬼より獰猛《どうもう》な性格。

その正体は『飛竜』。

最強種の名前をほしいままにする『竜種』の仲間だ。

竜種の中では弱い部類に入る飛竜だが、それでも他のモンスターに比べたらかなり強い部類に入る。

それはこのパスキアの大森林でも同じで、トロールやオーガ程度ではまるで歯が立たない。だが、

「ソラ！　超水刃！」

「りょーかい！　むんっ！」

超高圧の水の刃が飛び、飛竜の体を傷つける。

いかに硬い飛竜の鱗でも、ソラの水刃の強化版『超水刃』は防げなかったみたいだ。

しかし飛竜の生命力は高く。

速度を落とすことなく木々の間を飛び続けていた。

このまま逃げるつもりだろうがそうはいかない。俺にはまだ奥の手が残っている。

「今だベル！」

「わふっ！」

俺の呼びかけに応じ、ケルベロスのベルが飛竜の進行方向に姿を表す。

これで挟撃の形、飛竜に逃げ場はない。

「ギュアアアッ！」

飛竜はベルに牙を剝《む》き襲い掛かる。

ベルの見た目はただの黒い犬。舐めてかかるのも当然だ。

「だがそいつは地獄の番犬だ。お前の力を見せてやれ！　獄炎砲を撃て！」

「グルル……ワフッ!!」

ベルの口から放たれる巨大な黒い炎。

冥府に生息するケルベロスは地獄の炎を操ることが出来る。

それはベルも同じで、俺とレベル上げをする中で黒炎を操るスキルを身につけた。

「ギュアアア!?」

黒炎が飛竜の体を包み込む。

普通の炎と違い、黒炎は消えづらい特性がある。粘っこく対象に取りつきしつこく体を燃やす。

たまらず飛竜は地面に落下する。俺はすかさず『大鬼将軍の無双斧』を手に取り接近する。

「これで――――終わりだ!」

両手で無双斧を振りかぶり、飛竜の首めがけて振り下ろす。

その渾身《こんしん》の一撃は飛竜の硬い首を両断し、その命を奪う。

『ギィ……ァ』

力なく横たわる飛竜の体。

そしてすぐにいくつかの素材を残して肉体は消え去る。

「ふう、飛竜を狩れるとは俺達も強くなったもんだ。二人もお疲れ様。特にベルはいいタイミングだったぞ」

「わふっ」

嬉しそうに尻尾を振るベルの頭をなで、ご褒美の肉をあげる。

ケルベロスという強い種族だからか、ベルはすぐ強くなった。

今ではレベル112。俺よりも高くなってしまった。

ちなみにベルという名前はリリアが付けてくれた。呼びやすくて俺も気に入っている。

「ちょっとリック！　ぼくもがんばったでしょ！」

「そうだな、ソラも偉いぞー」

「えへへー」

弟分が出来たソラだが、俺に対する態度は変わらずだ。

見た目も変わっていないが、レベルはなんと「150（MAX）」。俺と同じく上限に達してしまった。

ただソラは体が変化しているのを感じているらしく、「なんだかもうすぐつよくなれそー」とのんきに言っていた。

俺はそんな予兆を感じないんだが、果たして俺はレベルの上限を超えるようになれるんだろうか？　疑問だ。

「と、まずは飛竜の戦利品を取らなくちゃな」

【飛竜の上等肉】
ランク：A
飛竜の上等な赤身肉。
かみごたえがあり、旨味が強い。

焼いても美味いが、スープにしても絶品。

【飛竜の鋭牙】
ランク：A
飛竜の鋭い牙。
粉にして薬に出来る他、加工してナイフにすることも出来る。
竜薬の材料にもなる。

【飛竜の硬鱗】ランク：A
飛竜の堅牢な鱗。
光を浴びると綺麗に輝く。
防具の材料として使える他、装飾品の材料にもなる。

【飛竜の火炎袋】
ランク：A＋
火の魔力《マナ》が詰まった体内気管。
取扱い注意。

「おお……さすが飛竜。色々落ちたな」

竜の体は全てが利用可能だと聞いたことがある。

牙、鱗、肉、そして内臓。確かに全てが貴重品だ。

「ありがたく使わせてもらうぜ。……ん？　どうしたベル」

帰ろうとしていると、ベルが一点を見つめて「ぐる……」と唸《うな》っていた。

あっちになにかいるのか？

「特になにかいるようには見えないが……匂いでもするのか？」

さすがに神の目でも完全に物の陰に入っているものは見えない。だけどベルの鼻はよく効く、遠くにいるなにかを嗅《か》ぎ分けたとしても不思議じゃない。

「もう狩りは充分だが、まあ気になるなら行ってみるか」

手早く戦利品を小鞄《ポーチ》に収納した俺は、ベルが見ている方向に歩き出すのだった。

◆　◆　◆

私の名前はソフィア・マルルシア・ガーネット。

いわゆる冒険者と呼ばれる職業をしている。

貴族の家に生まれた私だけど、両親は私の魔法の才能を喜ばず、政略結婚の道具としか見ていなかった。

そんな生活が嫌になった私は十二歳の頃に家を飛び出し、それから六年間、魔法の腕ひとつで生計を立ててきた。

私の魔法の腕は他の魔法使いよりも高い。これも私のスキル『魔導師』のおかげだ。

成長するにしたがって魔力量がどんどん増えて、魔法もどんどん覚えることが出来た。おかげで今では上位のランクである『金等級《ゴールド》』の冒険者になることが出来た。

順調に見える私の冒険者人生だけど、悩みが一つだけあった。

それは仲間に恵まれないということ。

元貴族の女、それだけで近寄ってくる男の多いこと。言い寄ってくる男は全員私の魔法で痛い目を見せてあげた。

でもそのせいで私はパーティメンバーを攻撃するヤバい女だという悪評がついてしまい。今では誰もパーティを組んでくれない。

だから私は今日もソロで依頼をこなす。今日はパスキアの大森林での人捜し、頑張らなきゃ。

「捨てられた王子、か。私と境遇が少し似ているかもね」

今回の捜索対象は、この森に捨てられた王子、リッカード殿下だ。

一般人は「リッカード殿下は突然乱心し、大臣含む数名を殺害したのでその場で騎士に処分された」と聞いている。私もつい最近までそう思っていた。

でも今回の依頼主は全く違うことを言っていた。

いわく殿下は「無実の罪を着せられ、パスキアの大森林に捨てられた」そうだ。

そんなの酷い。あまりにも酷すぎる。

しかもそうした理由が「才能がない」かららしい。

どうしてこうも権力者の親は、子どもの未来を好き勝手に決めてしまえるのだろう。考えるたび頭が怒りで埋め尽くされる。

高額な成功報酬も魅力的だが、その王子を救いたいという気持ちも強い。見つけてあげることが出来ればいいのだけれど。

「でもこの森、出てくるモンスターが強すぎる……！　このままじゃ魔力が保たない！」

次から次へと現れる強力なモンスター。

今までそこそこ修羅場を潜《くぐ》ってきたという自負があるけど、この森はその中でも上位に入る難度だ。

トロールやオーガなどの強力な亜人種を筆頭に、メガバイソンや飛竜まで現れる。

幻影魔法とかでなんとか逃げることが出来たけど、それももう限界に近い。どこかで休むことが出来ればいいんだけど、この森に人が休めるような家があるわけもない。

「エルフなら住んでてもおかしくないけど、エルフは排他的な種族。人を認めてくれるはずもない。

いよいよやばくなってきたね……」

パーティを組んでいればこんなことにはならなかった。だけど私に心を許せるような仲間はいない。最初から詰んでいたんだ。

もう少し、他人と打ち解ける努力をしていれば、そう思っていると、木の陰から突然ぬっと巨大な人影が現れる。

長い耳に大きな鼻。

四メートルを超える巨大にぶよぶよの厚い皮。こいつは……。

「ハイトロール……！」

魔法防御能力の高い、厄介な相手だ。

消耗していない状態なら魔法でゴリ押し出来るけど、今はそんな魔力は残っていない。

かといって逃げるという選択は取れない。ハイトロールは見た目に似合わずかなり素早いからだ。

「だったらやるしかない！　火炎《ファイア》！」

手にした杖《つえ》の先から火炎を生み出し、ハイトロールの顔面にぶつける。

顔なら脂肪が薄い、体より効果があるはずだ。

しかしハイトロールは火炎《ファイア》を食らってもケロッとしていた。どうやら想像以上に魔力がなくて威力が落ちていたようだ。

『グゥ……ッツ！』

ハイトロールはお返しとばかりに手にした棍棒を振り上げる。

もうここまで。そう諦めかけたその瞬間、

「安心しろ、もう大丈夫だ」

突然聞こえる優しい声。

そしてそれと同時に、キィンという綺麗な金属音と共にハイトロールが両断される。

「な、にが……？」

気づけばハイトロールの前に見慣れぬ男性が立っていた。その手には黄金色に輝く大きな剣がある。もしかしてこの人がハイトロールを？

「怪我はないか？」

「ひゃ、ひゃい。大丈夫、です……」

命の危機を颯爽《さっそう》と救ってくれたその人は、まるで本に出てくるようなヒーローに見えた。

気づけば私の鼓動は、経験したことのない速度で動いていた。

第三話　迷子の魔法使い

俺が森で出会った女性はソフィアと名乗った。

彼女は冒険者で、行方不明になった人を捜しにこの森を訪れたらしい。

人捜しのためにそんな危険なことをするなんて、いい人だな。

助けが間に合ってよかった。

聞けばソフィアは魔法使いだが、魔力が切れて困っているようだった。

傷はポーションで治せるけど、魔力切れまでは治せない。なので俺は彼女を家に招待することにした。

「自分で歩けるか？」

「……え？　あ、はい！　大丈夫、ピンピンしてるから！」

確かに足取りはしっかりしているけど、顔は赤いままだ。

魔力切れには顔が赤くなる症状もあるのか？　今度調べておこう。

「ところでその捜している人っていうのは誰なんだ？　この森で他の人間に会ったことはないから、

見たことはないと思うが」

「えーと……申し訳ないけどそれは言えない。これは極秘任務だからね。まあでも男性だってことは言っとくわ。もし見かけたら保護しておいてくれると助かる」

「分かった。見つけたら助けておくよ」

そんなことを話しながら俺達は歩く。

ソフィアは歳が近いせいか、話しやすかった。リリアも歳は近いけど、幼いところがあるからな。その点ソフィアは冒険者としてひとり立ちしていることもあって大人びている。それにどこか貴族みたいな気品も感じる。実はいい家柄なんじゃないか？

「……っと、着いたな。あそこが俺の家だ」

「へえ、いい家じゃない。リックはずっとここに住んでいるの？」

「えーと……まあな。この家は俺の爺《じい》ちゃんから受け継いだんだ」

咄嗟《とっさ》に嘘をついてしまった。

でも俺が元王子だって言うことは出来ないから仕方ない。それに爺ちゃんから受け継いだと言うのもあながち嘘でもない。

「……ということはやっぱりこの人はリッカード殿下ではない、か。聞いてた顔の特徴とも違うし」

「ん？　なんか言ったかソフィア？」

「あ、なんでもない！　こっちの話だから気にしないで！」

うーん。ソフィアはなにかを隠しているみたいだな。

まあでも言えない秘密は誰にでもある。深く詮索しない方がいいだろう。

「それより喋るスライムって珍しいね。私初めて見た」

「やっぱり珍しいのか。冒険者にはモンスターを操る奴もいるって聞いたけど」

「それはテイマーって職業ね。確かにいるけど、別にテイムしたからといって喋れるようになったりするわけじゃない。それにスライムをテイムするテイマーなんて聞いたことがないよ。普通ある程度知能があるモンスターをテイムするからね」

「なるほどな」

でもソラにはしっかりと知能がある。

もしかしたら他のスライムも知能があるけど、表に出さないだけなのかもな。

「ただいまー」

家に着いた俺は、扉を開けて中に入る。

続いてソフィアも中に。すこしおっかなびっくりな感じだ。

「お邪魔します……中も、普通ね……」

「だから言っただろ？　普通の家だって」

「だってパスキアの大森林に家が建っているなんて普通信じられない。よく魔物に襲われないわね

「……」

「それは結界のおかげだ。ほら、この装置で結界を張っているんだ」

俺は家の中にある紫色の丸い水晶を指差す。

それは俺のご先祖、アインが作った装置だ。簡単に設定を変えて結界を張ることが出来る優れものだ。

水晶を見たソフィアは、驚いたように体を震わせると、凄い勢いで近づいて食い入るように見入る。

「な、なななななにこれ!?　こんな魔道具が存在したの!?　なんて複雑で美しい魔導式……これを作った人は天才よ」

アインが残した物だから凄い物なんだろうなあとは思っていたが、ここまでとは。

ソフィアが正気を取り戻したのは十分後のことだった。

「――――ごめんなさい。少し取り乱した」

「少し?」

「…………ごめんなさい。かなり取り乱した」

「そうだな」

申し訳なさそうにしゅんとするソフィア。

正直俺は全然怒ってないのだが、反応が面白かわいいのでしばらく反省させておいた。

「ところでまだ魔力は回復してないよな？」

「ええ、明日になれば良くなると思うんだけど。魔力って中々回復しないから」

「そうか……あ。そうだ、いい物があったんだ。あれを使えば……」

あることを思い出した俺は、倉庫にある物を取りに行く。

「あったあった、これこれ」

見つけたそれをソフィアの前に持っていき、置く。

ソフィアはそれを不思議そうに眺める。

「なに？　この植物」

「こっち側を見ても分かりづらいか」

ひっくり返し、表面を見せる。

この植物は葉の部分より根の部分の方が太くて長い。そして一番の特徴はその根の部分に「顔」があること。

その顔を見たソフィアは、これがなんの種類か分かったようで、

「こ、これって『マンドラゴラ』じゃない!!　なんで伝説の植物がこんなところに!?」

こんなところとは失礼な奴だ。ちょっぴり迷いやすくてモンスターが多いだけで住んだら意外といいところだというのに。

まあそんなことは今はいい。

この大きなリアクションが見れてちょっとスッキリしたからな。

「マンドラゴラの根の部分には魔力を回復する効果がある。今からこれでお茶を作ってやる」

「いやいやちょっと待って！　私そんな高価な物いただけない！　こ、こんな立派なの一本丸々いったいいくらすると思ってるの!?　王都に家が一軒建っちゃうって！」

「へえ。希少なのは知ってたけどそんなにか」

そう言いながら根っこの部分をナイフで切っていく。

するとソフィアは顔を青くして、

「ああ！　もったいない！」

「使うんだからもったいなくないだろ」

「わ、私の魔力なんて寝れば治るのにこんな希少な物を使う必要ないでしょ！」

「つってもマンドラゴラならまだ倉庫にストックしてるからな。少し消化しときたかったんだ」

「あ、ありえない……」

ガクッとうなだれるソフィア。

よっぽど衝撃的だったみたいだ。

このマンドラゴラは、倉庫にあった種が育ったものだ。

豊穣神の金鍬で耕した土地で、水神の水差しから出た水で育った結果、マンドラゴラは物凄い勢いで成長し、なんと三日ほどで収穫出来るようになった。

ちなみに鑑定結果は、

【マンドラゴラ（品質：最良）】
ランク：S
滅多に見つかることのない希少植物。
根に顔がついており、引っこ抜くと精神異常を起こす叫び声を放つ。
根には強い魔力回復効果があり、優れた薬の材料になる。
生のままだとかなり苦いが、熱を通すと緩和される。

こんな感じだ。

俺は切った根を軽く炒《い》って乾燥させた後、お湯の中に入れマンドラゴラ茶を作る。

熱を通したおかげか、いい香りがする。これなら飲めるだろ。

「ほい。飲んでみてくれ」

「う。本当にマンドラゴラを使っちゃったんだ……」

ソフィアはおそるおそるコップを持ち上げる。

まるで高級な壺《つぼ》かなんかを持っているみたいだ。

「これ一杯で私の一回の依頼達成料より高いよね、絶対……」

「いいから早く飲めって」

「はい……いただきます……」

さすがに差し出されたものをいただかないのは失礼だと感じたのか、ソフィアは観念してマンドラゴラ茶を飲む。すると、

「お、おいしい……！」

見る見るうちに顔色が良くなってお茶をごくごくと飲んでいく。

どれ、俺も飲んでみるとするか。

「うん、確かにこれは美味しい。深い味の奥にほんのり残る苦味。クセになりそうだ」

それになんだか飲んでいるとポカポカと体が温かくなってくる。

これが魔力が回復している感覚なのか？

「えーっと……リック、さん？」

急に敬語になったソフィアがおずおずと口を開く。

「どうした？」

「あの、良くしていただいて助かったのですが……あいにく今手持ちがなくて……」

申し訳なさそうに金貨を数枚、机の上に置くソフィア。

決して少ない金額ではないが、マンドラゴラの値段には確かに遠く及ばないだろう。

「だから金はいいって」

「そうはいかないわ。受けた恩は返す、それが私の信条なの。なにかお返しさせてちょうだい、なんでもするから。お願い！」

そう手を合わせてお願いするソフィア。

うーん、そうは言ってもなあ、すぐには思いつかない。

なにかあったかとソフィアのことをジロジロと見て……俺は名案をひらめく。

「そうだソフィア。俺に魔法を教えてくれよ」

「え、魔法を……？」

想定外のお願いだったのか、ソフィアは首を傾げる。

まあそんなこと頼まれるとは普通思わないだろうな？

「私は別に構わないけど、リックって魔法系のスキル持ちじゃないでしょ？　それだとすぐに魔法を覚えるのは難しいと思うよ？」

魔法系のスキルを持ってなくても魔法使いにはなれる。

スキルはあくまで補助であり、人は努力でどんな職業にもなれるんだ。

しかしスキルを持ってない者と持っている者ではやはり差が出てしまう。特に戦闘系の職はその差が如実に現れる。

ソフィアは俺が剣でハイトロールを倒したところを見たから、俺が剣士系のスキルを持っていると思っているのだろう。

「難しいことは分かっている。でも魔法も使えるようになりたいんだ。明日まででいいから教えてくれないか？」

「うーん……本当にそれをして欲しいならいいけど。でも使えるようにならなくても恨まないでね？」

「当然だ」

こうして俺はソフィアに魔法を教えてもらえることになった。

くく、使えるようになるのが楽しみだ。

◇◇◇

屋内で魔法の練習をするのは危ないので俺達は外に出た。

高い木や畑からも離れた開けた場所だ。ここなら思う存分魔法が使える。

「ソフィア、杖は家に置いてきたけどいいのか？」

「杖は魔法を使うのに必ず必要なわけじゃない。あくまであれは魔法を安定させたり強化させたりするだけ。最初から使うと変なクセがつくから、最初は杖なしで覚えた方がいいの」

「ふうん。そんなものなのか」

魔法使いは必ず杖を使うイメージがあったが、別になくてもいいんだな。

とはいえあった方が魔法が強くなるなら、あった方がよさそうだ。今度倉庫で探してみるか。

「それじゃあ魔法の基本を教えるね。魔力は体の中心にある、それを腕を通して指先まで移動させる」

ソフィアは胸、肩、腕、手のひらを順番に指差す。

分からないけど魔力が移動しているらしい。

「魔力はあらゆる自然現象に変化する。だけど変化させるには強い想像力《イメージ》が必要なの。炎の魔法を使うなら、頭の中に強い炎をイメージして……」

ソフィアは指先を前に向けて「火炎《ファイア》！」と叫ぶ。

すると指先から大きな炎が吹き出す。凄いな、こっちまで熱が伝わってくる。

「と、こんな感じ。分かった？」

「んー。まあどんな感じで魔法を使ってるかは分かったけど、その魔力を流すという感覚がよく分からないな」

体の中心に不思議な力が渦巻いているのは分かる。これがきっと『魔力』なんだろう。

でもこれを動かす方法がさっぱりだ。踏ん張ってみるけどちっとも動く気がしない。

「なんかコツとかないのか？」

「コツと言われても私はすぐに出来たから分かんないのよね」

「へえ、さすが『魔導師』スキル持ちだな」

魔法系のスキルに目覚める者は、スキルを判定するより前から魔法の才能があるという。

これは他のスキルにも同じことが言え、剣士系のスキルに目覚める者は、生まれつき剣の才能がある者が多いらしい。

これは俺の推測だが、スキルは元からある才能を伸ばすものなんじゃないだろうか？

そんな気がしてならない。

「ひとまずもう一回魔法を使ってみる。悪いけどそれでなにかつかんでちょうだい」

そう言ってソフィアは再び右手に力を込める。

俺はその様子をジッと見つめて観察する。

すると不思議なものが見えてくる。

「これは……もしかして魔力か？」

ソフィアの体の中を流れる青い光が俺の目に映った。

こんな物さっきまでは見えなかったぞ？

その青い光は腕を通って指の先に集まると、炎に変わってソフィアの指先から外に出ていく。

……間違いない、この青い光は魔力なんだ。俺の目は目に見えないはずの魔力を見ることが出来るんだ。

「名付けて『魔力視《マジックアイ》』ってところか。ところでこれは俺の魔力も見えるのか？」

魔力視《マジックアイ》を発動したまま自分の胸元を見てみると、そこでは青い光がぐるぐると渦巻いていた。

その光が宿っている部分に力を入れてみると、魔力が体内を移動するじゃないか。

見えるなら魔力を移動させるのも簡単だ。

今まで勘でやっていたのを、ちゃんと確認しながら出来るからな。これなら魔法もすぐに使えるかもしれない。

「ここをこうして……こう」

ソフィアの体を流れていた魔力の動きを真似して、体内の魔力を移動させる。

魔力を動かしている内にコツがつかめてきた。

これなら……いけそうだ。

「火炎《ファイア》!!」

頭の中にソフィアが生み出した炎を想像しながら、指先に溜めた魔力を爆発させる。

すると俺の手からソフィアの放ったものに負けず劣らずの炎が吹き出す。

「おお……！」

これが魔法。

レベルが上がって魔力が増えていたおかげか、凄い威力だ。これなら全然実践でも使えるな。

それにしても俺が魔法を使えるなんて感動だ。

少し前まで魔力はほとんどなかったからな。レベルアップ様様だ。

「ありがとうなソフィア、お前のおかげだよ」

「ど、どういたしまして……じゃなくて今のなに!?　なんで急にあんな魔法が撃てるようになったの!?」

混乱した様子のソフィア。

まあいきなりあんな魔法撃てたら驚くのも無理ないか。

とはいえレベルのことも、神の目のことも話すことは出来ない。なんと言い訳したもんか。

「ほら、先生がよかったから」

「なるほどなるほど……って、そんなわけあるか!!」

ソフィアの見事な突っ込みが森に反響する。

魔法だけじゃなくてそっちの才能もあるみたいだな。

「魔法系のスキル持ちだってこんなに早く使えるようにならない。いったいあなた何者なの!?」

「少し覚えがいいだけさ。さ、他の魔法も見せてくれないか？　時間はたくさんあるわけじゃないんだ」

「いや、覚えがいいってレベルじゃないでしょ……」

俺のことを怪しみながらも、ソフィアは色々な種類の魔法を見せてくれた。

それらを俺はしっかりと目に焼き付け、覚えた。

これでこれからは剣だけじゃなく、魔法も狩りに使うことが出来る。楽しみだ。

◇　◇　◇

「お世話になったね。ありがとう」

次の日の朝早い時間、ソフィアは俺の家を出ていくことになった。

なんでも一回街に戻って中間報告をしなければいけないらしい。

「今回は軽く調査をするだけのはずだったんだけど、モンスターに追われたせいでこんなに深くまで入ってしまった。街で準備し直したらまた来るつもりだからその時はまた挨拶に来る」

「分かった。見つかるといいな、捜している人」

「ありがとう、もし誰か見かけたら教えてくれると助かる。それと……」

ソフィアは胸元から一枚の紙を取り出すと、それを俺に渡してくる。

その小さな紙にはソフィアの名前と、冒険者としてのランク。そして長い番号が書いてあった。

「これは？」

「それは冒険者が持っている名刺。それを持っていると私の知り合いだと冒険者組合に証明出来る」

「へえ、そんな物があるのか」

冒険者は気に入った依頼人にこれを渡すらしい。

するとその人は次に組合に依頼をする時に、その名刺を見せて同じ冒険者を指名出来るということとだ。

その他にも高ランクの冒険者の名刺を持っていると、組合が丁重にもてなしてくれるという効果もあるみたいだ。確かに高ランク冒険者の知り合いを無下に扱うことは出来ないだろうな。

ちなみに長い番号はソフィアの冒険者識別番号らしい。

「もし冒険者に興味があるんだったらその名刺を冒険者組合に見せて。私は一応『金等級《ゴールド》』の冒険者、組合も無下にはしないと思う。リックだったら冒険者になってもかなり活躍出来ると思う、もし外に出たくなったら使ってよ」

「わざわざありがとうな。その時が来たらありがたく使わせてもらうよ」

今のところこの家を出ていく予定はないけど、選択肢は多いに越したことはない。

冒険者として旅をするのに興味がないわけじゃないしな。ありがたく受け取っておこう。

「あんたみたいな奴と旅出来たら楽しいんだろうな。前向きに考えておいてくれよ」

そう言って彼女はニッと笑うと去って行った。

なんとなくソフィアとはまた会いそうな気がする。その時には上手くなった魔法を見せられるようにしておきたい。

俺はそんなことを思うのだった。

◆　◆　◆

アガスティア王国領土内の街、パスマリア。

王都への街道が通るこの街は、商人や冒険者がよく立ち寄り人で賑わっている。

パスキアの大森林へ通じる道もあり、命知らずな冒険者がその道に挑んでは、帰らぬ人となっている。

その街にある大きな木造の建物、看板に『冒険者組合パスマリア支部』と書かれている場所に紫色の髪をした女性が足を踏み入れる。

「おい見ろよ」

「お、ソフィアじゃねえか。相変わらずいい尻《ケツ》してやがる」

昼間から飲んだくれている冒険者の男達が、下卑た笑みを浮かべながらその女性、ソフィアを見る。

若く、美しく、更に元貴族ということでソフィアは普段からこういった視線を向けられることが多かった。

愚かにも手を出そうとした連中は魔法で黙らせてきたが、さすがに視線を向けられただけでそこまでするわけにもいかず、無視することしか出来なかった。

「はあ……最悪」

足早に組合内を歩いてソフィアは、受付に行く。

するとそこにいた受付嬢の一人がソフィアの顔を見て、驚いたように目を丸くする。

「ソフィア！　無事だったんだ！　心配したんだから！」

「ごめんねリズ。ちょっとヘマして長引いちゃった」

ソフィアが親しげに話す女性の名前はリズレット。

冒険者組合パスマリア支部の看板受付嬢であり、ソフィアとは長い付き合いの女性だ。

栗色のボブカットに、大きな眼鏡。そして小動物系のおっとりした雰囲気。ソフィアとは全然違うタイプだが、二人は仲がよかった。

「怪我とか大丈夫？　傷薬使う？」

「大丈夫、ピンピンしてるから。ね？」

体を動かして無事をアピールするソフィア。

リズは注意深く彼女の体を観察して、ようやく納得する。

「どうやら本当に怪我はないみたいね。それにしても驚いた、パスキアの大森林に入って今日で三日目でしょ？　それなのにそんな元気なんて」

「実は森である人に助けられたの。もしその人が現れなかったら危なかったかもね」

「本当にソフィアは昔から危なっかしいよね。心配するこっちの身にもなってよ」

何度目になるか分からないリズの小言に、ソフィアは「はは、ごめんごめん」とまたいつも通りに返事をする。

「それにしてもあの森に人が住んでいるなんてびっくり。そんな情報私でも聞いたことがないよ」

冒険者組合の受付嬢ともなれば、様々な情報が立っているだけで入ってくる。

しかしパスキアの大森林に人が住んでいるなんて話は、噂ですら聞いたことがなかった。

最近住み始めたのか、それとも隠れていたのか。

リズは興味を惹《ひ》かれる。

「ね、どんな人だったの？」

「どんな……って、まさかあんた変なこと考えてんじゃないでしょうね？　私とあの人はそんなんじゃないからね！」

顔を赤くして言い訳を始めるソフィア。

付き合いの長いリズだが、そんな恥ずかしそうに乙女の顔をする彼女を見るのは初めてだった。

思わぬ収穫に内心にやりと笑ったリズは、そのことを尋ねる。

「あれえ？　もしかしてその人といい感じになっちゃったの？　ねね、詳しく聞かせてよ」

「こ、この話はもう終わりっ！　終わりったら終わり！」

無理やり話を打ち切られ、リズは「ちぇー」と口を尖らせる。初めての友人の浮いた話に楽しくなり、つい踏み込み過ぎてしまった。

次はもっとうまく聞き出さないと、とリズは反省する。

「それで中間報告をしたいんだけど、依頼人にはどう会えばいい？」

「あ、そのことなんだけど依頼人さんが変わったんだ」

「へ？　そうなの？」

「うん。まあ最初の人は代理人で、今は本人が来てるってことなんだけどね」

「ふうん」

ソフィアが会った代理依頼人は、軽薄そうな男性であった。

その人物は捜す対象の情報をあまり知らなかったばかりか、ソフィアに夜の誘いをしてきた。印象は最悪であった。

「新しい人は凄い美人さんだよ。昨日から組合《ここ》にいるから早めに会った方がいいと思うよ」

「ちょ、いるなら早く言いなさいよ！　会ってくる！」

急いで走り出すソフィアの背中にリズは呼びかける。

「あ、二階の三番客室にいるから！」

「ありがと！」

一段飛ばしで階段を駆け上がったソフィアは、リズの言った部屋の前に着くと、一回深呼吸し息を整えてからノックをする。

「依頼を受けたソフィアです。お待たせして申し訳ありません。中に入ってもよろしいでしょうか」

「どうぞ」

承諾を得たソフィアは中に入る。

部屋の中にいたのは、恐ろしいほど美人のメイドであった。黒い髪と切れ長の目が特徴的だ。

「あなたがソフィアさん、ですね？　私は新しい依頼人のリンと申します。よろしくお願いします」

リンと名乗ったのはメイド服を着た黒髪の女性であった。

ソフィアはその人物が只者《ただもの》でないと一目で分かった。

（ただ立っている、それだけなのに隙がなさすぎる……！　それにこの威圧感、少なくとも『金等級《ゴールド》』クラスの実力はありそうね……）

冒険者のランクは上から『神金級《オリハルコン》』、『白金級《プラチナ》』、『金等級《ゴールド》』、『銀等級《シルバー》』、『銅等級《カッパー》』、『鉄等級《アイアン》』と計六つに分類されている。

ソフィアの等級、金等級《ゴールド》はかなりの実力を持たないと到達出来ないランクであり、上位数パーセントの冒険者しか金等級《ゴールド》以上にはなれない。

つまりリンは多くの冒険者より圧倒的に強い、ソフィアはそう判断した。

「まずは謝罪させていただきます。連絡をすることが出来ず申し訳ありませんでした。初回の捜索は様子見で終わらせる予定でしたが、モンスターに襲われてしまい森の深くまで入ってしまったせいで帰還するのに時間がかかってしまいました。私の落ち度です」

ソフィアはそう言って頭を下げる。

普段はぶっきらぼうな口調の彼女だが、もとは貴族の生まれ。相手によっては丁寧な口調で喋ることも出来た。

彼女の謝罪を受けたリンは、しばらく黙った後、口を開く。

「いえ、謝罪するのはこちらの方です。貴女には申し訳ないことをしました」

そう言ってリンは、小さな袋を机の上に置く。

ジャラ、という金属音。袋の中には銀貨が数十枚入っていた。

心当たりのないお金にソフィアは首を傾げる。

「これは……？」

「本来貴女に支払うはずでした前払金の残りです。どうぞお納めください」

「へ？　いや、ですが……」

急に残りと言われてもなんのことか理解出来ない。

ソフィアはどういうことだという気持ちとお金が欲しいという気持ちの板挟みに合う。

かろうじてその葛藤に打ち勝ったソフィアは手を引っ込める。それを見たリンは謎のお金の説明を始める。

「今回の依頼を、私は昔の伝手を使い極秘に行いました。死んだはずの王子の捜索、もしこれが王の耳に入れば大変なことになります」

「それは……そうですね。あ、私はもちろん誰にも漏らしていませんよ！」

もし漏らしてしまえば恨みを買うだけでなく、冒険者としての信用が失墜してしまう。

一時の金に釣られてそのリスクを冒してしまうほど彼女は愚かではなかった。

「ええ、分かっています。貴女は信用のおける方だと組合の方もおっしゃっていました」

その組合の人というのはリズのことだろうとソフィアは考えた。

リズは昔から家を飛び出し一人で生活しているソフィアのことを案じていた。組合の人間としては良くない行動なのかもしれないが、いい報酬の仕事があると優先的に教えてくれたりしていた。

ソフィアは心の中で何度目になるか分からないお礼の言葉を言う。

「問題があったのはこちらです。この任務のことを知ったパスマリア支部の人間は、あろうことかこの任務をバラされたくなければ、もっとお金を寄越せと強請《ゆす》りをかけてきました」

「え……!?」

想像だにしていなかった話に、ソフィアは絶句した。

依頼人の守秘義務を重んじる、それは冒険者組合の基本理念だ。強請りをかけるなどもってのほかだ。

「一応捜してはいる、というポーズを取るためにその者は貴女を雇いはしましたが、報酬を中抜きした上に、虚偽の情報をつかませ殿下を見つけられないようにしていました。嘆かわしいことです」

「え。私は殿下の容姿を少しばかり聞いたのですが……」

「それは全て『嘘』です」

「そんなめちゃくちゃな……」

ソフィアは呆れてなにも言えなかった。

組合員の中には不正に手を染める者がいるのは知っていた。

報酬を中抜きしたり、情報を他組織に売って私腹を肥やしている者がどうしても出てきてしまう。

しかし依頼人を脅して金を取ろうとする者はそうはいない。しかも王家関係のネタでなんて……命知らずにも程がある。

「従わなければ国王に密告する。そう言えば従わざるを得ないと思ったのでしょう。国王は民から恐れられていますからね。私は身分を明かしていなかったので、依頼人がただの使用人だと考えたのでしょう。愚かなことです、このような真似をしなければもっと長生き出来たものを」

静かな殺意をたたえながら、リンは言う。

ソフィアはその愚かな組合員がどうなったのかを聞くことは出来なかった。

「これはこちらの落ち度です。代理を組合員に任せず、最初から私が依頼人として姿を現せばよかった。申し訳ありません」

「い、いえいえ！　まさか組合員がそのようなことをするなんて想像出来ません。しかたありませんよ」

「ありがとうございます。それでは引き続き貴女には依頼をお願いしたく思います。よろしいですか？」

「はい、もちろんです。必ずや殿下を見つけ出して見せます」

力強く言い放つソフィアを見て、リンは満足げに頷く。

「では殿下の容姿の情報を改めて伝えさせていただきます。絵の上手いものに殿下の顔を描かせたのでお渡しします」

「はい、助かります」

リンはカバンの中から一枚の紙を取り出し、机の上に置く。

そこに描かれていた顔を見て、ソフィアは「ふぇ!?」と情けない声を上げる。

それもそのはず、そこには絶対に王子ではないと思っていた、森で出会った青年の顔が描かれていたのだから。

（なんで!?　どういうこと!?　だって王子は弱くて捨てられたんじゃないの!?　それにあの森にずっと住んでるみたいだったし家もあった。意味が分からない――――！）

混乱するソフィア。

しかし頑張って頭を切り替えた彼女は、リンに自分が森で会った人物のことを話す。

「実は――――」

その話を聞いたリンは、すぐさま行動を開始したのだった。

第三章

森の異変

第一話　赤い眼の少女

よく晴れた日の昼頃。

俺は日課となっている畑仕事に精を出していた。

「うん、これもそろそろ収穫時期だな。いい出来だ」

なにかを育てるというのは楽しい。俺はすっかり栽培にハマっていた。

「しっかし……色々育てたな」

目の前に広がるたくさんの植物達。

今では野菜だけでなく果物も育てている。

本来であれば育つまでに何年もかかるのだろうが、豊穣神の加護がかかった土地でその常識は通用しない。一晩で芽が出て、次の日にはもう木になっている。正直ちょっと引く。

「この果物とかも街で売ったらとんでもない金額になるんじゃないか？　こんなの王族でも食えないぞ」

金色に輝くリンゴを一つもいで、そのままかじる。

口の中に広がる豊潤な甘味とほどよい酸味。一口ごとに果汁が口の中に溢《あふ》れて溺れそうだ。

こんなの食べたら普通の果物じゃ満足出来ない。

ちなみに今採れるものはというと、

【黄金リンゴ（品質：最良）】
ランク：S
金色に輝くリンゴ。別名知恵の実。
爽やかな甘味とほどよい酸味が特徴的。
食べると僅かに魔力が上昇する。
古代では神から与えられた果実として扱われ、王のみが食べることが出来た。
現代では絶滅していると言われている伝説の果実。

【究極龍果実《アルティメットドラゴンフルーツ》（品質：最良）】
ランク：S
竜族が好んで食べる赤い果実。
数キロ先まで届く豊潤な香りと、舌が痺《しび》れるほど強烈な旨味を持つ。
食べると僅かに筋力が増加する。

【サンライズハーブ（品質：最良）】
ランク：A+
太陽の力を秘めた薬草。別名日輪草。
食べると体力が回復し、体がポカポカ温かくなる。

【ルナティックベリー（品質：最良）】
ランク：A+
月の力を秘めた果実。別名月光果。
食べると魔力が回復し、しばらく眠らないで活動出来るようになる。

こんな感じだ。
さすがに一人じゃ処理しきれなくなったので、エルフ達にもおすそ分けしている。
高ランクの物を食べているからか、エルフ達は前より強くなっているらしい。
もしまたオーガに襲われたとしても、あいつらだけで対処出来る日が来るかもな。
「それにしても不思議な能力だよな、これ」
最近改めて思う。

【神の目】、そして【鑑定】は他のスキルとは全く異なる、異質な力を持っている。

身体能力が上がったり、魔法が上手くなるスキルは分かる。共通性も感じる。

でも文字が見える能力ってなんだ？　そもそもこの名前は説明文は、誰が用意したものなんだ？

便利に使わせてはもらっているけど、俺はこの能力のことをなにも知らない。いつか分かる日が来るのだろうか。

と、そんなことを考えていると、

「おはよーございますリックさん！　今日もいい天気ですね！」

もう聞き慣れた元気な声が畑に響く。

声のした方に顔を向けると、エルフのリリアがぱたぱたと走りながらこっちに来ていた。

その頭には麦わら帽子が被《かぶ》さっている。エルフと麦わら帽子……悪くない組み合わせだな。

「ようリリア。お前も食うか？」

「わわっ！　こんな貴重な物、投げ渡さないでくださいよっ！」

文句を言いながらもリリアは渡した黄金リンゴを食べ、美味しそうに頬を緩める。

小動物みたいでかわいい奴だ。

「……ん？　今日は珍しいものを持っているんだな」

リリアの背にかけているものを指差すと、リリアはそれを外して手に持つ。

それは木製の『弓』であった。俺の家にそれを持ってきたのは初めてだ。

「この前話していましたよね、弓に興味があるって」

「あー、そんなこと話したかもな。わざわざ持ってきてくれたのか」

「はい！　私のいいところもお見せしたいので！」

ふんす！　と意気込むリリアと共に、場所を畑から森の中に移す。

リリアは立ち止まると少し遠くを指差す。

「リックさん、あっちになっている木の実が見えますか？」

「おいおい誰に言ってるんだ。実の上を這《は》っている虫の毛穴まで見えるぞ」

「……そこまで見えるんですか」

ちょっと引いた感じになるリリア。

聞いといて失礼な奴だ。

「では見ていてくださいね」

リリアは矢を弓につがえ、引く。

ギリリ……という音を立てながら、静かに的を狙う。

「へえ、様になっているな」

さすがエルフ、まだ若いのに弓の扱いはお手のものというわけだ。

俺は的となっている木の実を左目で捉えたまま、右目でリリアの動作をしっかりと観察する。

「────はっ！」

シュン、という風切り音とともに放たれる矢。

その数秒後に遠くからタン、という音が聞こえる。

矢は見事に木の実の中心を捉え、貫通していた。あの距離で当てるとはたいしたもんだ。

「凄いじゃないか。こんなに上手かったんだな」

「えへへ。あ、リックさんもやってみますか？」

嬉しそうに照れた後、リリアは俺に弓を渡してくる。

ふむ、思ったより軽いな。威力より携行性を重視しているみたいだ。思い切り引いたら折れてしまいそうだな。

「よし、やってみるか」

リリアから矢を貰い、弓を引く。

狙いはリリアが落とした木の実より、更に先になっている木の実だ。

「――――ここ」

深く集中した後、俺は手を離し矢を放つ。

弓が折れるギリギリまで引いたせいか、矢は先ほどよりも速く放たれる。

「きゃ！」

その音と風に驚いたリリアがかわいらしい悲鳴を上げる。

そして次の瞬間、矢は木の実を貫き……更にその奥に生えている木を木っ端微塵《みじん》に消しとばした。

「…………」

「…………」

気まずい沈黙が流れる。

あそこまでやるつもりはなかったのだが……初めてなので威力の調整が出来なかった。

「はは、弓ってあんな威力が出るんだな」

「そんなわけないじゃないですか！　私がいいところ見せようとしましたのにー！」

頬を膨らますリリアを宥《なだ》めるのには、少しだけ時間がかかった。

「さ、そろそろ帰ろう。昼飯食べてくだろう？」

「……食べます」

まだ少しいじけている様子のリリアだけど、食欲には勝てなかったみたいだ。俺の耳はかすかに彼女のお腹が鳴るのを聞き逃さなかった。指摘するとまた怒りそうだから黙っているとしよう。

「……ん？」

二人で帰ろうとしたその時、俺は視界の端で何かが動いたのを見た。

遠いけど間違いない。何かいる。神の目を持ってなきゃ気づかなかっただろう。

「リリア、ちょっと待っててくれ」

「え？　はい」

急ぎ何かが動いていた場所に向かう。

するとそこには、綺麗な少女が倒れていた。

まるで本物の銀のように光り輝く美しい髪に、作り物のように整った顔。これほど綺麗な少女は王都でも見たことがない。思わず目を奪われてしまった。

「はあ……はあ……」

その少女は苦しそうに呻いていた。額に手を当ててみるとかなり熱い。

見るからに危うい状況だ、このまま放っておいたら死んでしまうかもしれない。

「ひとまず回復薬《ポーション》を……」

少女の体を起こして、その口にお手製回復薬《ポーション》を流し込む。

「ゆっくり飲むんだ……」

数度口から出したけど、少女はなんとか回復薬《ポーション》を飲んでくれる。

よし、これで良くなるはずだ。

「とはいえここに置いていくことは出来ない。一度連れていくとするか」

刺激しないよう、ゆっくりと少女を背負った俺は、リリアと合流し家へ向かうのだった。

◇　◇　◇

「……目を覚ましませんね」

ソファの上で横になっている少女を心配げに見ながら、リリアが呟く。

帰ってきてからずっとリリアは側で彼女を看《み》ている。濡らしたタオルを額に乗せて、体には毛布をかけてと甲斐甲斐《かいがい》しくお世話をしている。

その効果もあって熱は下がり呼吸も安定してきた。

「もう命の心配はないだろう。少ししたら目を覚ますさ」

「そう、ですね。でも一体なんであそこで倒れていたんでしょう?」

「服がところどころ破れているところを見るに、何かに襲われていたんだろう。なんとか逃げ切ったけど力尽きて倒れた、ってところだろうな」

この森にはたくさんのモンスターが生息している。そのどれかに襲われても不思議じゃない。

一つ奇妙な点があるとすれば……その傷はまるで剣で斬られたような傷だというところだ。

もちろん鋭い爪を持つモンスターにやられたという線もある。だけどこのまっすぐな切れ方は武器によってつけられたようにしか見えない。

「となると人に襲われた? 確かにこの子は綺麗な顔をしている、狙われても不思議じゃないが……この森の中まで追ってくるか?」

この森の中に人が入ってくることはほぼない。

わざわざ森の中まで追ってきたとは考えにくいけど、いったい何があったんだろうか。

「まあ起きたら聞いてみるとしよう」

ひとまずこの子のことは置いておいて、俺は違うことを始めることにする。

「なあ、リリアが使っていた弓は自分で作ったのか？」

初めて使用したけど、弓はかなり手に馴染んだ。

遠距離攻撃手段が乏しいから、使えるようになればかなり役立つだろう。

「あ、はい。私達の村では自分で使う弓は自分で作るという習わしがあるんです。私もお父さんに弓の作り方を教えてもらったんですよ」

「へえ。じゃあ教えてもらってもいいか？　俺も弓が作りたいんだ」

そう頼むと、リリアは嬉しそうに「任せてください！」と胸を叩く。

頼もしい先生が出来たな。

「弓の作り方には、一本の木材を切り出す方法と、数種類の木材を組み合わせる方法があります。私達は一本の木材を切り出す方法を多くとりますが、リックさんはどうしたいですか？」

「俺もその方法でやるとするかな。まずはシンプルな方法を学びたい」

「分かりました！　任せてください！」

どんな弓がいいかを話しながら、俺達は鍛冶部屋に入る。拾った女の子は穏やかに寝ている、ソラも同じ部屋にいるから少しくらい目を離しても大丈夫だろう。

「どの木材が弓に適しているのかとかあるのか？」

「はい。私達は主にホアバの木を使います。軽くてよくしなる、いい弓が作れるんです」

「へえ、じゃあ俺もそれにするか」

しかしリリアは俺の言葉にふるふると首を横に振った。

「ホアバの木は柔らかいので、リックさんには合わないと思います。リックさんの怪力にも耐えられるもっと硬く丈夫な木を選んだ方がいいです」

確かにリリィの弓は柔らかくて思い切り引くことが出来なかった。あれじゃあ俺の全力は出せない。

「じゃあどれならいいと思う？　材料なら色々あるぞ」

工房の机に集めた木材を並べていく。

アオシアの木、トロルツリー、マジックウッドなどなど。この家の周辺にある木材は一通り集めてある。

リリアはそれらをじっくり観察する。

曲げたり叩いたりしてそれぞれの特性を確認すると、一つの木材を選んで俺の前に出した。

「これがいいと思います。少し硬くて引きづらいですが、頑丈でしなりもあります」

「これは……トロルツリーか。よし、これでやってみるか」

確かにこれなら多少強く引いても壊れることはなさそうだ。

トロルツリーは、その名の通りトロールの皮膚のように硬い木だ。

「ではまずどれくらいの長さの弓にするか決めて、それから削り出していきましょう！　私がつきっきりでお手伝いしますのでご安心ください！」

「ああ、頼りにしてるぞ」

弓は短いよりそこそこ長い方が良さそうだ。

持ち歩く時は『次元神の小鞄《ポーチ》』にしまっておくだろうから、長くても問題ないだろう。

大きさと形を決めた俺は、さっそく削り出す作業に入る。

「よし、やるか！」

手にしたのは鋭利なナイフ。

これは『狩猟神の短刀』。決して折れず、欠けず、錆びず、そして切れ味が落ちない夢のようなナイフだ。

もっぱら肉を捌《さば》く時に使っているが、木材も問題なく切れる。

これで俺だけの弓を作ってやる。

実は弓の作り方自体は俺のご先祖、アインの過去を見たことがあるのでだいたい知っている。

しかし素材が変わっているんだからそれをそのまま真似てもいい物は出来ないだろう。だから俺はリリアに教わり、俺だけの弓を作ることにした。

アインとリリア、二人に教わったことを嚙み砕き、自分のものにするんだ。

模倣《コピー》も大事だけど、それを自己流《オリジナル》にすることが出来れば俺はもっと強くなれるはずだ。

「うーん、少し削りすぎたか？」

一発で完璧な物は出来ない。

何回もトライして、少しずつ理想に近づいていく。

地味だけど、楽しい。

家のこと、家族のこと、未来のこと。それら全てを忘れて目の前の木に向かい合う。思わず時間も忘れて没頭する。

「……と、もう夕方か。一回ご飯にするか」

気づけば日が傾いていた。かなり熱中していたみたいだな。

リビングに戻ると、椅子に座りながらリリアが寝ていた。テーブルではソラも寝ている。ご飯にするぞと起こそうとした時、視界の端で何かが動く。

「……っ!?」

慌てて構えると、そこには拾った少女がいた。どうやら今目を覚ましたみたいで、眠そうに目をこすっている。

「ここは……？」

辺りをきょろきょろと見渡す少女。

彼女は俺のことを見つけると、目を細め警戒するように俺を見る。

「あなたは誰……っ！」

「待ってくれ、俺は君を拾っただけなんだ」

森で倒れたところを見つけ、介抱していたことを説明する。

最初は警戒していた彼女だけど、必死の説明の甲斐あって信じてもらうことに成功する。ふう、ひやひやした。

「……助けてくれたことには礼を言う、ありがとう。でも私はもう行かなくちゃいけない」

「もうちょっと休んだらどうだ？　傷は塞がってるけど疲れは取れきってないだろう。これからご飯にするから、それを食べてってからでも遅くはないと思うけど」

「大丈夫。お腹なら空いていない」

と、言った瞬間彼女のお腹はかわいく「ぐう」と鳴る。

聞こえなかったととぼけることの出来ない、まあまあの大きさの音だ。ちらと彼女の顔を見てみると、頬を紅潮させていた。やっぱり恥ずかしいよな。

「ほら。やっぱり食べた方が……」

「ひ、必要ない！」

ムキになったように少女は言う。

なんでそこまで頑なに断るんだろうか。俺がやっぱり怪しいのか？　まあでも大きな声を出せる程度には回復したみたいだな、よかった。

「それに食べたら……我慢出来なくなると思う。そこまで迷惑をかけるわけにはいかない」

「我慢？」

「……こっちの話」

少女はそう言って口をつぐむ。

話してくれる気はないみたいだ。

「分かった。ワケありみたいだし深入りはしない。その代わり名前を教えてくれないか？　あ、俺はリックだ」

「……私はヨル」

「ヨルか。よろしくな」

ヨルと名乗った少女はこくりと頷く。

正直名前は【鑑定】すれば知ることは出来る。だけど敵でもない人を勝手に調べるのは気が引けるし、それで知ったことをポロッと漏らしたら不審に思われる。必要じゃないのにやりすぎるのは良くないだろう。

「リック、助けてくれたのは本当にありがとう。でもこれ以上迷惑はかけられない」

そう言ってヨルは玄関に向かい、扉を開く。

一人で行かせるのは不安だけど、何を言っても聞いてはくれなさそうだ。

「分かった。そこまで言うなら止めはしない。だけど……気が変わったらいつでも頼ってくれ。こう見えて意外と頼りになるからよ」

「……ふふっ、分かった。気が向いたらそうする」

初めて笑顔を見せてくれたヨルは、家を去っていく。

いったい彼女はどんな理由で倒れていたんだろうか。気になるけど俺とあの子は他人だ、深入りするのも良くない。もし頼ってくれる時が来たら、全力で助けるとしよう。

「んん……」

と、彼女が去ったあとの扉を見ていると、寝ていたリリアが目を覚ます。

リリアもヨルのことを心配していたから何があったか教えてあげないとな。

◇◇◇

「そうですか……行ってしまったんですね」

ヨルが既に去ったことを知ったリリアはしゅんと落ち込む。

「でも元気になったならよかったです。また会えるといいなあ」

「ああ、そうだな」

食事の後片付けをしながら、俺とリリアはそんな会話をした。

「ところで外はもう真っ暗だけど、村には帰るのか？」

「あ、それなんですけど今日は泊まってもいいでしょうか？　さすがにこれだけ暗いと怖くて……」

「もちろん構わないさ。好きな部屋を使ってくれ。俺は弓作ってるからさ」

「ありがとうございます！　大変だと思いますけど弓作り、頑張ってください！」

リリアの激励を受けた俺は鍛冶部屋に行き、再び弓に向き合う。

食事を取ったことで集中力も復活した。

「よし、やるぞ……！」

再び時間を忘れて作業に没頭する。無心で削り、細かい調整を重ねていく。

どれくらいの時間そうしていただろうか。日が昇り、窓から射す光が眩《まぶ》しくなった頃、それはようやく完成する。

「出来た……！」

俺の目の前に完成したのは、木製のシンプルな弓。

だけど形、重さ、長さ、そのどれもが俺に適した俺専用《オリジナル》な弓だ。

この手に持った時のしっくりくる感じがたまらない。

「どれ、【鑑定】」

【長弓】
ランク：B＋
トロルツリーを削り出して作られた長弓。

頑丈な作りになっており、長距離狙撃が可能。

「ランクはB＋か。倉庫にあった武器に比べたら落ちるが、一から自分で作ったにしてはかなりいいんじゃないか？」

確か街の武具屋ではランクBの物でも結構高価だったはず。それを自分で作ることが出来たんだ。もっと練習すれば、いつかは聖剣クラスの物も作れるようになるかもしれない。

「おい、リリア。出来たぞ」

「……ふぇ？　朝《あしや》でふか？」

椅子で寝息を立てていたリリアを揺すって起こす。

ベッドで寝るよう言ったのだが、リリアはここに残って手伝ってくれた。もっとも睡魔には敵《かな》わず途中で眠ってしまったのだが。

まあそれでも近くに誰かがいてくれるというのは元気がでるもんだ。言葉にはしないが感謝している。

「わあ！　完成したんですね！　見せてください！」

起きてそうそうリリアは目を輝かせながら弓を観察する。

「ふむふむ……ほうほう……」

なんかテストされているみたいで緊張するな。

武器職人の見習いが親方に見てもらう時、こんな気持ちなんだろうか。

「はい！　私もいいと思います！　さっそく外で試し打ちしてみませんか？」

親方の合格を貰った俺は、外に出る。

背中には矢筒を装備してある。

ちなみにこの矢筒は普通のものではない。

【無限の矢筒】
ランク：A＋
魔力を消費することで矢を無限に生成することの出来る矢筒。
生成される矢には魔法属性が付与されている。

試しに何本か生成してみたことがあるけど、消費する魔力はかなり少なかった。

この魔道具にも世話になりそうだ。

「よーし、やるか」

外に出た俺は、矢を一本筒から抜き取り弓につがえ、引く。

リリアの持っている弓より硬くて重い。だけどその分耐久力も高い。

これなら結構力を込めても壊れることはなさそうだ。

「いいね、気に入った」

弓がミシ、と鳴るところまで引いた俺は、遠くに生えている木をめがけて、射る。

バシュ！　という大きな音とともに放たれた矢は、物凄い勢いでまっすぐ飛んでいき、狙っていた木に命中。そしてその木を木っ端微塵に粉砕したあと、その後ろにある木を何本もなぎ倒してしまう。

「おいおい、まるで大砲みたいな威力だな……」

この威力なら城壁もぶち抜けてしまうだろう。この強さだと狩りには使いづらそうだが、弓のいいところは威力の調整が出来るところだ。もう少し力を弱くすれば狩りにも使えるだろう。

弦の張り具合などもうちょっと調整した方がいいところはあるが、ひとまず完成と言ってもいいだろう。俺だけの弓、テンションが上がるな。

「うひゃー……凄い威力ですね……あれ？」

弓の性能に感心していたリリアが、なにかを見つける。

俺もその視線の先に目を向けると、倒れた木の近くに転がる黒いなにかを発見した。

「なんだありゃ？」

警戒しながら近づく。

「鳥？　いや……コウモリか？」

それの正体は大きめのコウモリであった。

どうやら木に留まっていたみたいだが、俺が木を倒したことで落ちてしまったみたいだ。うつぶせに倒れてピクピク動いている。

「コウモリって食えるのか？」

「えっと、エルフはあまり食べませんね。そもそもこの森にコウモリはほとんど生息していないはずですが……」

などと話していると、突然コウモリがばっと起き上がる。

なんだこのコウモリ、片眼鏡《モノクル》なんかつけてやがる。

そのコウモリは辺りをキョロキョロと見回したあと、俺のことを発見し口を開く。

「な、なにが起きたのですか!?」

「うわ、喋った」

やけに表情が豊かだと思ったが、喋れるとはいよいよ普通のコウモリじゃないな。いったい何者なんだ？

「この惨状はあなたの仕業ですか!?」

なぎ倒されている木を見て、コウモリはそう尋ねてくる。

「えーと……はい。まさかコウモリが留まっているとは思わず」

「ふむ、なるほど。これほどの力を持つものであれば……」

怒られるかと思ったが、コウモリの反応は少し違った。

「御仁、腕に覚えはおありか」

「えっと、そこそこ？」

「なるほど。このような森の中で強者に出会えたのは僥倖《ぎょうこう》ですな」

強者認定されてしまった。あまり厄介事に頭を突っ込みたくないんだけど。

「ここで会ったのもなにかの縁。無理を承知でお願いがあります！」

やけにかしこまった口調で話すそのコウモリは、地面に手を付きこう言った。

「力を貸していただけませぬか！　このままでは『姫』の身が危ないのです!!」

「姫……？」

やれやれ、また大変なことに巻き込まれそうだ。

◇◇◇

突然現れた謎のコウモリを、ひとまず俺は家に連れ帰った。

疲れていたみたいで水を出すと遠慮なくがぶ飲みしていた。

コウモリは自分のことをモルドと名乗った。

種族は『マジックバット』というものらしい。【鑑定】しても同じ物が表示されたので間違いないだろう。

少し休んで元気になったモルドは膝を突き頭を下げる。

「休ませていただき感謝いたしますリック殿」

「別にこれくらいいいよ。それで姫様がどうとか言ってたがあれはなんなんだ？」

あの時のモルドの様子はただごとじゃなかった。

もしこの森でなにかが起きているのだとしたら知っておかなくちゃいけない。

「……ここから南方に、とある小さな国がありました。それほど栄えておりませんでしたが、みな幸せに暮らしていたそうです。しかしその国はとあるモンスターにより滅びることになりました」

「モンスター？」

「ええ。そのモンスターは『吸血鬼』。強い魔力と強靱な肉体を併せ持つ夜の王です」

吸血鬼っていったら伝説級のモンスターだ。

人間の血を好み、残忍な性格をしていると聞く。

モンスターによって国が滅ぶのはよくある話だ。その国もその一つだったんだろう。

「その吸血鬼、バラドは国民のほとんどを殺しましたが、見目麗しいヨル姫だけは生かしました。そして奴は姫をゆくゆくは自分の伴侶とするため、姫を吸血鬼の身体に変えてしまったのです……！」

「ひどい……！」

話を聞いたリリアが口を押さえて声を震わせる。

確かに胸糞悪い話だ。国を滅ぼされただけじゃなくて自分の身体まで変えられてしまうなんて。

「ちなみにお前は何者なんだ？　コウモリなのに吸血鬼を嫌っているみたいだが」

「私も元は人間です。姫にお仕えする執事をしていたため、姫の世話役として生かされましたが、このような姿に変えられてしまいました」

「なるほど。お前も大変だったんだな」

「人間でなくなったのは悲しいですが。この体も案外悪くはありませんよ。飛べますしね」

そう言ってモルドは笑う。

意外とポジティブな奴だ。

「それでそのバラドっていう吸血鬼が今この森に来ているのか？」

「……いえ。そうではありません。バラドは吸血鬼狩り《ヴァンパイアハンター》によって討たれました。もうこの世にはいません」

「なんだって？　話が見えないな」

バラドが討たれたなら、もうその姫様は無事なはずだ。

どうやら話は単純じゃないみたいだ。

「私もそう思いました。バラドが討たれた時は喜び涙を流したものですが……地獄はそれでも終わりませんでした。なんとバラドを討った吸血鬼狩り《ヴァンパイアハンター》どもは、あろうことか姫様を標的にしたのです！」

「……そういうことか」

吸血鬼狩り《ヴァンパイアハンター》にとって吸血鬼も元人間の吸血鬼も変わらなかったってことだ。

吸血鬼狩り《ヴァンパイアハンター》にも事情があるんだろうが、聞いてて気持ちのいい話じゃないな。

「私と姫様はこの森に逃げ込みましたが、モンスターに襲われればぐれてしまいました。私はどうなっても構いません。ですがどうか姫様だけは……！」

涙ながらにモルドは頭を下げる。

人間じゃなくなってもそこまで尽くすとはたいした忠誠心だ。俺のいた城にこんな忠誠心を持った奴はリンくらいしかいなかった。

「……一つ聞きたい。そのお姫様の名前はなんだ？」

「我が主の名前はヨル・ミストレア様です。銀色の髪と真紅の瞳が特徴的な、お美しいお方です」

「そっ……か」

話を聞いてる途中でそんな予感はしたけど、やっぱりその子は昨日助けた子だ。

あの傷は吸血鬼狩り《ヴァンパイアハンター》につけられた傷なんだ。急ぐように家から出ていったのも、俺たちに迷惑をかけないためってことか。

リリアもそれに気づいて俺のことを見る。助けてあげなくちゃ、と目で俺に訴えかけている。もちろん俺の答えは決まっている。

「……分かった。姫様は俺達が助ける。安心しな」

「ほ、本当でしょうか!?」

「ああ、任せてくれ」

「うう……ありがとう……ございます……！」

姉上がよく言っていた。

女の子に手を上げる男はクソだと。

俺も同感だ。吸血鬼狩り《ヴァンパイアハンター》のやっていることは許せない。

俺はさっそく身支度を整え、外に出る。

横にはケルベロスのベル、その上にはスライムのソラがいる。吸血鬼狩り《ヴァンパイアハンター》がどの程度強いかは知らないが、三人がかりで敵わないみたいなことはないだろう。

「リリアは家にいてくれ。俺達だけでやってくる」

「ですが……」

「そこのコウモリはまだ満足に動けない。そいつを吸血鬼狩り《ヴァンパイアハンター》が狙う可能性もある。守ってやってくれるか？」

リリアはしばらく考え込んだあと、首を縦に振る。

「……分かりました、ヨルさんをよろしくお願いします。リックさんも必ず帰ってきてくださいね」

「ああ。ここは任せたぞ」

そう言ってリリアの頭を一回なでたあと、コウモリ執事モンドに目を向ける。

「頼みましたぞリック殿。姫様をお救いくださったら必ず礼はいたします」

「はは、そりゃ楽しみだ」

その言葉を最後に俺は森の中に駆け出す。

先導するのはベル。鼻をクンクンと動かしながら森の中を高速で進む。

「どうだ？　匂いは分かるか？」

「わふっ！」

モルドは姫様のハンカチを持っていた。

ベルはその匂いを覚え、追っているのだ。

「さて、まだ無事だといいが……」

姫様は吸血鬼化している。普通の人間よりは強いだろう。

しかし相手は吸血鬼狩り《ヴァンパイアハンター》。吸血鬼の専門家だ。見つかれば助からないだろう。急がなくちゃな。

そう思いながら走っていると、突然右側からガサッ、という音がする。

とっさに聖剣を抜きガードする。すると重い衝撃が剣を持った腕に走り身体が左に吹き飛ぶ。

「おわ……っと！」

空中で二回転ほどして、着地する。

そして先程まで俺がいた場所を見てみると、そこには一人の男が立っていた。

身の丈ほどもある巨槌《ハンマー》を持った戦士がそこにいた。男は武器を構えながら大きな声を出す。

「何者だ！　貴様も吸血鬼の仲間か！」

「おいおい、人をいきなり殴りつけておいてそりゃねえぜ」

男の持っているハンマーは色から察するに『銀』で出来ている。

身にまとっている服には十字架の模様があしらわれている。こいつが吸血鬼狩り《ヴァンパイアハンター》なのは間違いないだろう。

（いちおう【鑑定】……っと）

【レミオール・カストディオ】
レベル：56
モントール公国出身の戦士。
吸血鬼狩り《ヴァンパイアハンター》を生業《なりわい》としている。
二つ名は『爆縋』。

モントール公国は確か南方にある小さな国だ。

結構遠いはずだが、あんなところからわざわざこんなところまで来たのか。仕事熱心なことだ。

「答えろ！　貴様も吸血鬼の仲間なのか！」

「うるさいな……そうだったらなんだって言うんだ？」

そう答えるとレミオールは歪《ゆが》んだ笑みを浮かべる。

「だったら正義の名のもとに粛清するまでだ」

銀のハンマーを振り上げ、襲いかかってくる。

しょうがない、さっさと片付けるとしよう。

「くらえッ！」

レミオールが思い切りハンマーを振り下ろしてくる。

俺はその一撃を、左手で正面から受け止める。

ズン、という衝撃が腕にのしかかるが、この程度なら問題ない。

「な……っ!?」

「どうした？　力自慢じゃないのか？」

レミオールは必死にハンマーを動かそうとするが、俺がガッチリと握っているためハンマーはピクリとも動かない。

俺はがら空きになった相手の胴体を蹴り飛ばす。

その一撃をもろに食らったレミオールはハンマーを手放して吹き飛び、木に激突する。

「が!?」

地面に倒れる男。

まだこいつには聞きたいことがある。俺は近づいて体を起こし、男と至近距離で目を合わせる。

「魅了視《チャームアイ》」

この技は相手を催眠状態にかける技だ。

この状態になると意識がほとんどなくなり、俺の聞いた質問には答えてくれるようになる。

「仲間はどれくらいいる」

「……五人、です」

ふむ、こいつと同じ強さが五人だとしたらたいした障害にはならなそうだ。

「そいつらは今どこにいる」

「……北西部の、岩山。そこに吸血鬼が隠れている……らしい」

「そうか」

必要な情報は手に入った。俺は男をその場に残し男の言った方向に駆けるのだった。

◆　◆　◆

最後に覚えているのは、燃え盛る火の記憶。

今まで暮らしていた国が、住んでいた人が燃える、最悪の記憶。

それより前のことはもうよく覚えていない。

漠然と、幸せだったことは覚えている。でも両親のことも、お城での暮らしも、何に希望を抱いていたのかももう覚えていない。

吸血鬼バラド・ヴァンシュタイン。


奴が現れたことで私の人生は一変した。

家族や臣下、国民は全員殺され、私と世話係のモルド爺のみが生かされた。

そして私はおぞましい吸血鬼へと姿を変えられ……幽閉された。

恐ろしいことにその吸血鬼は私を妻にすると言った。どれほど私を侮辱すれば気が済むのだろうか。

幸い子どもに手を出すほど愚かではなく、清い身体ではいられたが、いつあいつに汚されるのかと毎日泣いた。絵本で見たような王子様が助けに来ることを毎晩願った。

まるで何百年にも感じる長い孤独。

それはある日突然終わりを告げる。

なんとあの吸血鬼が人間に討たれたのだ。

吸血鬼を狩ることを生業とする吸血鬼狩り《ヴァンパイアハンター》。彼らは当然吸血鬼の弱点を知り尽くしていた。

化け物じみた力を持つバラドも、寝込みに弱点を突かれたことで、反撃する間もなくあっさりと死んだ。

ようやくこの地獄も終わる。そう思ったけど、それは新たな地獄の始まりでしかなかった。

彼らは物語に出てくる王子様なんかではなく……吸血鬼と同じく血に飢えた獣だった。

「おい。まだ吸血鬼がいるぞ」

「女の吸血鬼とは珍しい。少し遊んでから殺すか？」

吸血鬼狩り《ヴァンパイアハンター》が誇りある戦士だったのはもう昔の話だった。

今は吸血鬼の落とすレアアイテムを欲しがるだけの傭兵《ようへい》集団と成り果てていた。

私はひたすらに逃げた。

洞窟に隠れ、街に潜み、夜道を駆け回った。

しかし吸血鬼の優れた肉体を以《もっ》てしても吸血鬼狩り《ヴァンパイアハンター》である彼らの追跡を完全に振り切ることは出来なかった。

体も心も擦り切れ、モルド爺ともはぐれてしまった。

今度こそ……本当に終わりかもしれない。

「ようやく見つけたぞ嬢ちゃん、大人しく捕まってくれや」

「……!!」

声のした方向とは逆に駆ける。

しかしそれを見越していたのかその方向にも吸血鬼狩り《ヴァンパイアハンター》が待ち構えていた。

「くく、終わりだ」

銀の剣を構える男。

やっと解放され自由になったんだ、こんな所で死ねない……！

「くっ！」

背中から羽を生やして高く跳び、剣を回避する。

吸血鬼の力は大嫌いだけど使わなくちゃ生き延びられない。

「はは！　やるな！　だがもうずっと血を飲んでないのだろう？　いつまでもつかな!?」

「うるさい……黙れ……！」

バラド公が生きている時は、奴から血の魔力が分け与えられていたので、血を飲まなくても大丈夫だった。だが奴が死んだことでその供給は止まった。私の喉は血に飢えていた。

街に潜んでいた時に血を吸うチャンスはあった。

モルド爺にもそれを勧められた。

だけど私が血を吸った相手は、吸血鬼の眷属《けんぞく》、食屍鬼《グール》になってしまう。

「誰にも私と同じ思いはさせない……」

他人を化け物にするくらいなら死んだ方がマシだ。

それだけが私を吸血鬼にしたバラドに対する、ささやかな反逆だった。

「他人を吸血鬼にしたくないとは見上げた心意気だ。だが」

ひゅん、という音と共に足に走る衝撃。

見れば足に矢が刺さっていた。ご丁寧に矢じりには銀の塗装が施されていた。

「ひゅう、命中」

岩陰からもう一人の吸血鬼狩り《ヴァンパイアハンター》が出てくる。伏兵は一人じゃなかったのだ。

「ぐ……っ」

痛みに顔を歪めながら矢じりを折り、矢を抜く。

吸血鬼の力で傷はふさがるけど、銀の効果で強い痛みが残ってしまう。これじゃあもう満足に走ることは出来ない。

「こんな……ところで……」

「もう諦めな嬢ちゃん。一度吸血鬼になった人間は元には戻れない、生きてても辛いだけだ。死を受け入れるんだな」

こいつらの言うこともあながち間違っていない。

今は抑えられている吸血衝動も、いつかは耐えられなくなる可能性が高い。そうなれば私は人類の敵となるだろう。

頭ではそう分かっている。でも私は……それでも生きたかった。

「たすけて……」

抑えていた心の声が、口から漏れる。

分かっている。この世界は物語じゃない、助けてくれる王子様なんて現れない。

だけど……言葉にせずにはいられなかった。

「ここまで逃げた褒美に一撃で殺してやろう。痛みはない、安心しな」

振るわれる銀閃。

私は目を閉じて痛みに備える。

でも……いくら待っても痛み《それ》は訪れなかった。

「え……？」

ゆっくりと、おそるおそる目を開ける。

すると振るわれた銀の刃は、私のすぐ近くで止まっていた。

それを止めていたのは黄金の刃。

見とれてしまうほど綺麗な剣だった。

そしてそれを持っていたのは……黒い髪をした青年だった。

まるで絵物語から出てきた王子様のような彼は、私を見て安心したように笑う。

「よかった。間に合ったみたいだな」

分からない。

この人が誰なのかも、なんで助けてくれたのかも。

でも――私の鼓動は今までにないほど、速く、熱く脈動していた。

第二話　吸血鬼狩り《ヴァンパイアハンター》

「よかった。間に合ったみたいだな」

俺は抱きかかえた少女を覗き込む。

絹《シルク》のように白く透き通った肌にはいくつもの新しい傷が出来ていた。ピキキ……と怒りのボルテージが上がるのを俺は感じた。

「あなたは……なんでここに……？」

「モルドってコウモリに頼まれて助けに来た。悪いけど今回は助けさせてもらうぜ」

「そっか……モルドが……」

コウモリ執事の名前を出したらヨルは安心したような表情を浮かべる。二人はかなりの信頼関係で結ばれているみたいだ。

俺は地面にそっと彼女を置き、男たちに向き直る。

「誰だ貴様は！　そいつは私達の獲物だぞ！」

武器を向ける吸血鬼狩り《ヴァンパイアハンター》たち。

人数は四。

さっき倒した奴は仲間は五人いると言っていた。どこかに潜んでいるかもしれないな。それも警戒しておこう。

「あまり人を殺したくはない。黙って去り、二度とこの森に立ち入らないと言うなら見逃してやってもいい。だがやるというのなら……容赦はしないぞ」

聖剣を抜き、そう言い放つ。

吸血鬼狩り《ヴァンパイアハンター》たちは聖剣を見て一瞬たじろいだが、逃げはしなかった。俺を警戒はしてるが、人数的に有利だから負けはしないと考えているのだろう。

だけど悪いな。こっちも一人じゃないいんだ。

「ソラ、ベル！　頼むぞ！」

そう呼びかけると、岩陰からベルが「わふっ！」と飛び出してくる。その背中にはソラが乗っている。

ベルは鋭い牙を剝き、剣を構える男の腕に嚙みつく。

男は銀色の鎧を身にまとっていたが、ベルの牙はそれをたやすく貫き、腕を傷つけた。

「い、いでえ!!」

「なんだこの犬っころ!?」

「なにやってる！　早く殺せ！」

仲間を助けようと槍を持った男がベルを攻撃する。

しかしその攻撃は背中に乗っていたソラが対処する。

「させないよ！　むんっ！」

ソラは体の一部を触手のように変形させ、それで相手を殴りつけた。

これはソラのスキル「変形」だ。その名の通り体を様々な形にさせることが出来る。

更に形だけでなく『硬さ』の調節まで出来る。これを応用すれば、体を盾や剣に変形させて闘うことが出来る。戦略の幅は無限大だ。

男たちはそんなことが出来るスライムと戦ったことがないのだろう。かなり混乱しているみたいだ。おかげで隙だらけだ。

「余所見《よそみ》している暇があるのか？」

「しま……っ」

俺は弓を持っている男に接近する。

男は急いで弓を構えるが、すでに接近した状況でそれは愚策だ。

この距離で矢を当てることなど不可能に近い。即座に弓を手放し、腰に装備している短刀を抜くべきだ。

俺は聖剣でまず弓を真っ二つに斬って壊す。

そして役立たずの木片を持ったそいつのみぞおちを思い切り殴り飛ばす。

「がっ!?」

胸にはプレートアーマーを装備していたが、しょせん安物。

強めに蹴っただけで足の形に凹《へこ》んでしまった。

「後は……お前だけだな」

既にソラとベルは二人の男を戦闘不能にしていた。

今この場で戦闘可能な吸血鬼狩り《ヴァンパイアハンター》は一人しかいない。

明らかに絶体絶命な状況。しかし男は笑みを浮かべていた。

「……まさかこんな邪魔が入るとは。しかし、その吸血鬼は必ずいただく！」

そういった瞬間、後ろからバチバチ！　と音が聞こえる。

振り返るとそこには杖を構える男の姿。

「最後の一人、やっぱり隠れていたか」

「今頃気づいても遅い！　そいつをやっちまえ！」

魔法使いの男は杖から巨大な雷を生み出す。

そしてそれを思い切り俺の方に放つ。

「くらえ！　上位雷撃《ハイサンダー》！」

前に出会った魔法使いのソフィア。

彼女いわく上位ランクの魔法を使えるものは限られた強者だと言っていた。

彼女はその時に上位ランクの魔法を使って見せてくれたが……今放たれた魔法は、その魔法とは比べ物にならないほど、拙かった。

「魔力の練りが甘い。いい師匠に出会えなかったみたいだな」

同じ魔法でも、術者によってその威力には大きな差が出ると聞いた。

目の前のこいつは、上位魔法を覚えるのに必死で、基礎をおろそかにしたんだろう。その程度の魔法であれば……。

「雷撃《サンダー》」

俺の手から雷《いかづち》が迸《ほとばし》り、相手の放った魔法をたやすく引き裂く。

そしてそのまま相手の体に直撃する。

「馬鹿な……ただの雷撃《サンダー》に私の上位魔法、が……」

その言葉を最後に魔法使いはパタリと倒れる。

「軽いんだよ、お前の魔法は」

俺の魔法もまだまだ荒削りではあるが、魔力をきちんと練り込んである。

レベルの恩恵で高い魔力を持つ俺が放てば威力はそれなりに出るってわけだ。こんな形だけの魔法に負けはしない。

「さて、残るはお前だけだな」

最後に残った吸血鬼狩り《ヴァンパイアハンター》に目を向ける。

「ぬう……ぐぐ……っ！」

そいつは悔しげに歯を食いしばる。

手に持った銀の剣は震え、まともに持つことも出来ていない。これじゃ勝負にもならなそうだ。

「まだやるのか？　今帰るなら見逃してやらないこともないぞ」

「ふざけるな！　私達は誇り高き吸血鬼狩り《ヴァンパイアハンター》……貴様らのような悪に屈することはない！」

勝手に悪人にされてしまった。

それにしてもこいつら……気に食わないな。自分達が正しくて、敵は全て悪という考え方、まるで父親を見ているみたいで虫唾《むしず》が走る。

「我が聖剣の前に散るがいい！」

俺に向かってきた男は、銀の剣を俺めがけて振るう。

狙いは首。軌道が素直すぎて【神の目】の力を使わなくても見切れるぞこんなの。

「ほいっ」

剣の腹に拳をぶつける。

すると銀の剣は真ん中からポキリと折れてしまう。

弾ければいいと思ったが、まさか折れてしまうとは。やっすい鉄を使ってるな。

「わ、私の聖剣が……！」

「なにが聖剣だ。表面に銀が塗装されてるだけでなんの魔法効果もないじゃないか」

【鑑定】してみたがランクはB。本物の聖剣の足下にも及ばない。こんな物が聖剣ならこの世界の剣は聖剣だらけだ。

「よくも――――っ！」

今度は銀のナイフを取り出し襲いかかってくる。

俺はその一撃をさばき、顔面めがけて拳を振るう。

「少し眠ってろ」

めぎょ、という音とともに俺の拳が男の顔面に突き刺さる。

俺のパンチを食らった男の体は宙を舞い、五メートルほど移動し地面に落ちる。

ふう、すっきりした。

吸血鬼狩り《ヴァンパイアハンター》が全員無力化したことを確認した俺は、助けた少女のもとに近づく。

「大丈夫か？」

「う、うん」

まだ少し警戒している様子だ。

無理もない。やっと化け物から解放されたと思ったら、今度は味方だと思っていた人間に襲われたんだ。警戒して当然だ。

「ひとまずまた俺の家に来ないか？　そこなら結界があるから敵は来ないし、モルドもいる。その先のことはそれから決めよう」

そう提案するとヨルはこくりと首を縦に振る。

ふう、これでひとまず一件落着かな？

「それで、いい。でも……」

「ん？」

この時、俺はあることに気がつく。

ヨルは怯《おび》えている。

それは分かっている。

でもその相手は……俺じゃなかった。

「まだ、あいつの気配がする。死んだはずなのに……！」

ヨルがそう呟いた瞬間、俺の背後からとてつもない魔力が放たれる。

「なんだ!?」

急いで後ろを振り返る。

するとそこには先程倒した吸血鬼狩り《ヴァンパイアハンター》が立っていた。

だけど様子が明らかに変だ。虚《うつ》ろな目をして焦点が定まっていない。

おまけに体から放たれるこの禍々しい魔力……明らかに普通の人間のものじゃない。

「誰だお前は」

そう尋ねると、男は目をぐりんと動かし俺のことを見る。

その口元は邪悪な笑みを浮かべている。明らかに正気ではない。

「――――君がこの人間を弱らせてくれたのかな？　おかげで体の支配権を得ることが出来た、礼を言うよ」

心底楽しそうに男は言う。

「体がむずむずすると思ったら銀の鎧《こんなもの》を着けていたのか。汚らわしい」

男は装備した銀の鎧や武器を地面に捨てていく。

ここまでくればなにが起きているのかは想像がつく。

「お前……吸血鬼だな？　なんでその体に宿っている」

「ご名答。私の名はバラド・ヴァンシュタイン。誇り高き吸血鬼の一人だ」

男の背中から黒く禍々しい羽が生える。

口から覗く長い牙、尻からは尻尾。もう完全に人間の姿ではない。

「さて、そこにいる我が伴侶を返してもらおうか。それは私の物だ」

吸血鬼バラドは邪悪な笑みを浮かべ、そう言った。

（この威圧感……ただ者じゃなさそうだな……）

【鑑定】してみた結果そのレベルは驚異の１８０。

最大限の警戒をしながら俺はそいつに質問する。

「おかしいな。あんたは吸血鬼狩《そいつら》りに討たれたと聞いたんだが」

「確かに私の肉体は死んだ。嘆かわしいものだ、油断していたとはいえこのようなカスに殺されたとはな」

やれやれといった感じでバラドは言う。

どうやら一度討たれたのは間違いではないようだ。

「だが私は死の間際、人間の体に自分の血液を打ち込んだ。記憶と魂を混ぜた特別な血液をな。私はこの体の中でゆっくりと再生し、そして体の主導権を乗っ取ることに成功した。これぞ吸血鬼の中でも選ばれた者のみが使えるスキル『血の転生』。我ら吸血鬼はそう簡単には討てぬよ」

くくく、と笑うバラド。

心底楽しげだ。

「昔の吸血鬼狩り《ヴァンパイアハンター》は体が乗っ取られることを恐れ、リスクを承知で自分の血液に銀を混ぜていたが……最近の吸血鬼狩り《ヴァンパイアハンター》はそれを怠っていたようだな。ぬるい時代だ」

「ふん。そのぬるい吸血鬼狩り《ヴァンパイアハンター》に一度負けたんじゃないか」

そう挑発をかけてみるが、意外なことにバラドは動じなかった。

「ああ、その通りだ。だがもう二度と不覚は取らない。力を取り戻したのち、吸血鬼狩り《ヴァンパイアハンター》は絶滅させる」

バラドの尻尾が蛇のように動き、その先端が気絶している吸血鬼狩り《ヴァンパイアハンター》の腹に突き刺さる。

ごきゅ、ごきゅ、という音とともに吸血鬼狩り《ヴァンパイアハンター》の体は萎《しぼ》んでいき、ミイラのような姿になってしまう。

こいつ、血を吸っているのか……!?

「ふう、ごちそうさま。女の血の方が美味しいが、空腹の時は男の血でも美味しく感じるものだ。さて、お話はこれくらいにして……私の妻を返してもらおうか」

「させるかよロリコン吸血鬼。悪いがまた眠ってもらうぞ」

聖剣を構え、バラドに突っ込む。

するとバラドは自らの手のひらから血を出し、それを固めて剣の形にする。

お互いの剣がぶつかり、火花が散る。

バラドの剣は血で出来ているとは思えないほど硬かった。

「ほう……ただの人間にしては恐ろしい力だ。貴様何者だ?」

「俺はただの人間だよ……っと!」

相手の剣を弾き、胴体に斬りかかる。

しかしバラドは素早く回避し、反撃してくる。俺はその一撃を見切り聖剣で受け止める。一進一退の攻防が続く。

「ふふ、謙遜するな。人間でここまでやれるものはそうはいない。どうだ?　私の臣下にならないか?　共に愚かな人間を殺し、贅《ぜい》の限りを尽くそうではないか」

驚くことにバラドは本気で俺を勧誘しているようだった。

この誘いに乗れば、バラドは本当に俺のことを仲間にしてくれるのだろう。だが、

「ずいぶんつまらない提案だな。俺は今の生活が気に入っているんだ。畑を耕し、美味しい料理を作って、家族と楽しく暮らす今の生活がな。お前との暮らしはつまらなすぎる」

「愚かな……しょせん人間であったか。ならば」

バラドの羽がぶわっと広がり、体から強烈な魔力が放たれる。

そして体のあちこちから血が吹き出し、それが空中で刃の形となる。

「死ね」

降り注ぐ血の刃。

上下左右あらゆる場所から襲いかかるそれに逃げ場はない。

しかも緩急をつけて時折軌道を変えながら突っ込んでくる。

「ふはは！　この攻撃を人間の目で全てを捉えることは不可能っ！　串刺しにしたあと、ゆっくり血をいただいてやろう！」

確かにこの攻撃を見切るのは不可能だ。

……普通の人間の目、ならな。

俺は目に全神経を集中させ、血の刃を見る。

するとその刃がこの後どの様に動くかが理解出来た。

そう、この目は過去だけじゃない。未来を見ることも出来るんだ。

「ふっ！　はっ！　ここっ！」

なるべく刃が通らない道筋《ルート》を通りバラドに接近する。

どうしても当たるものだけ聖剣で防ぎ、俺はどんどん前に進む。

「ば、馬鹿な!?　人間ごときが私の攻撃を……っ!?」

「くらいな！　これがお前が馬鹿にした人間の力だ！」

聖剣を振り上げ、思い切り振り下ろす。

バラドはその一撃を血の剣で防ごうとするが、遅い。聖剣はバラドの右腕に命中し、やすやすと
それを両断した。

「ぬ――――っ!?」

痛みに顔を歪めるバラド。

腕の傷口からはしゅうう……と煙が上がっている。どうやら聖剣は吸血鬼によく効くみたいだな。

「よくも私の腕を……許さんっ！」

「許さないのはこっちだ。腕一本で許してもらえると思うなよ？」

レベル１８０のバラドに対して、俺のレベルは99。

レベル差が倍近いバラドに正面から勝つのは難しいと感じるだろう。

だが戦いはレベルだけでは決まらない。

それはまだレベル6だった時の俺がレベル40のトロールに勝ったことからも分かるだろう。
レベル差を埋める一番手っ取り早い手段は『強い武器を装備すること』。
俺は聖剣アロンダイトの他にも、倉庫にあった高ランクの装備を複数装備している。

【怪力の指輪】
ランク：A
腕力が上昇する指輪。
オーガの魂が宿っているとされる。

【地殻の指輪】
ランク：A
防御力が上昇する指輪。
地面を千キロ掘った先にある地層から発見された。

【韋駄天《いだてん》靴】
ランク：A＋
素早さが上がる靴。

走る際のスタミナ減少も抑えられる。

これらに加えて、筋力が上がる薬『鬼哭丸《きこくがん》』も服用している。

レベル差は結構縮まっているはずだ。

それにバラドはまだ今の体に慣れていないように見える。

完全に乗っ取ったと言ってたが、急に他人の体になったんだ。上手く動かせなくて当然だ。

「くそ……人間風情が……っ！」

恨みのこもった目でバラドは俺を睨《にら》みつけてくる。

片腕を切り落とされたことがよほど頭にきたようだ。

「もう容赦せん。貴様の身も心も八つ裂きにしてくれる！」

バラドの体から血の槍が放たれ、気を失っている三人の吸血鬼狩り《ヴァンパイアハンター》に突き刺さる。

その槍は三人の血を一瞬で吸い付くしバラドに集めてしまう。

「吸血鬼の力は血によって目覚める。出でよ我が配下、血の眷属達よ！　今こそ眠りから覚め、我の手足となって戦え！」

バラドの足下に広がる血溜まり。

その中からぬうっと赤い化け物達が姿を現す。

狼《おおかみ》のような姿をしているものや、オーガのような姿をしているものまで、その姿形は様々だ。

しかしその全てが血を被っているような悍《おぞ》ましい見た目をしている。

【鑑定】したところ、そいつらの名前は『赤の怪物《レッドモンスター》』で統一されていた。

レベルは80～90。それほど強いわけじゃないが、数が多い。全部倒すのは面倒だな。

「だったら本体を叩くまで！」

ソラとベルに赤の怪物《レッドモンスター》の対処を任せ、俺はバラドに突っ込む。それを防がんと赤の怪物達《レッドモンスター》が襲いかかってくるが、聖剣でなんなく切り伏せる。

「こんなもので止められると思っているのか？」

「いいや、思ってないさ」

なぜか余裕の笑みを浮かべるバラド。

いったいなにを考えているんだ？

「私は人間と何度も戦っている。貴様らがなにを嫌がるかも熟知しているのだよ」

「なにを言って……」

瞬間、嫌な予感がした俺は振り返る。

すると赤の怪物《レッドモンスター》の一体が、後ろの方で控えていた少女ヨルのもとに駆けていた。

「私から逃げた花嫁には罰が必要だ。そう思わないか？」

「下衆《げす》が……っ！」

なんとこいつはあろうことか戦えない少女を標的にした。

吸血鬼になっているから多少の傷を負っても死ぬことはないだろう。だが痛みは感じる。そこは人間と変わらないはずだ。

「待ってろ！」

急ぎ引き返す。

ソラとベルを確認するが二人とも赤の怪物《レッドモンスター》の相手に手一杯で援護は期待出来なかった。

俺は全力で駆け抜けるが、それよりも早く赤の怪物《レッドモンスター》が少女のもとにたどりついてしまう。

『ルル……』

「い、いや……！」

歪《いびつ》な形をした爪が少女の胸元に振り下ろされる。

しかしその刹那、小さな黒い影が突然飛んできて両者の間に割り込んでくる。

「この方は私の希望！　これ以上決して傷つけさせませぬ！」

そう言ってヨルを庇《かば》うように現れたのは、マジックバットのモルドだった。

モルドは自らの体でその爪を受け止めた。

爪はモルドの体を突き刺し、致命傷を与えるが……その後ろの少女を傷つけることはなかった。

「ヨル様……よか……った」

しかしモルドは激しく血を吹き出している。あの量は……まずい！

俺は全力で駆け抜け赤の怪物《レッドモンスター》を聖剣で両断する。

『ゴア……』

血溜まりへと姿を変える赤の怪物《レッドモンスター》。

それの爪に刺されていたモルドは、地面へ落下する。

「モルド爺！」

その体をヨルが受け止める。

彼女の腕の中で、モルドは血を流しながら笑みを浮かべる。

「よかった……ご無事なようですね……」

「でも爺は……」

「私はよいのです。姫さえご無事であれば……」

モルドの腹からはとめどなく血が流れている。

俺は駆け寄ってレッドポーションを傷口にかけるが、傷が塞がることはなかった。どうやら手遅れだったみたいだ。

「くそ……」

「よいのですリック殿。どうせ私は国が滅んだ時に一度死んでいたはずの身。姫をここまで見守ることが出来ただけで充分です」

モルドの体から、急速に熱が失われていく。

別れの時間はすぐそこまで来ていた。

「リック殿。姫の面倒を見てほしいなどと過ぎたことは言いませぬ。ただ……良き友人になってくださいませぬか。友と過ごす楽しき時間を知らぬまま姫は育ちました。それを教えてあげられなかったことが心残りなのです」

「ああ、約束しよう。姫のことは任せてくれ」

俺の言葉を聞いたモルドは、満足そうに笑うと最後にヨルの方を見る。

「それでは姫。お先に暇《いとま》をいただきます。色々ありましたが……爺は楽しかったですぞ」

「うん……私も。楽しかった。今までありがとう」

そう最後に言葉をかわして、モルドの体は消え去った。

残ったのはつけていた片眼鏡《モノクル》だけ。ヨルはそれを大切そうに握りしめる。

最後まで立派な奴だった。

「ぷふっ」

神経を逆なでする笑い声。

振り返るとそこにはおかしそうに笑いをこらえるバラドの姿があった。

「ふふふ……はーはっは！　いや失礼。笑ってはいけないのは分かっているのだがな……ふふっ。人の死に様というのはどうしてこう滑稽なのだろうか。ひ、ひひ。はーはっはっは！」

「貴様……」

やっぱりこいつは邪悪だ。

生かしておけば悲劇を生み出し続けるだろう。確実にここで仕留めなければならない。

「ふふ、そう怒っても貴様にその娘を救うことは出来んぞ。それは完全に吸血鬼となっている、私を殺したところで人間には戻れない」

「それがどうした」

「無知な貴様にも分かりやすく教えてやろう。吸血鬼には『吸血衝動』がある。長時間血を摂取しないでいると衰弱し、やがて死に至る」

ヨルは『死』という言葉に反応し、ビクッと震える。

どうやら奴の言っていることは本当のようだ。

「それは人間から血を吸うことを拒否し続けている。血を吸われた人間が食屍鬼《グール》になることが嫌なようでな、嘆かわしいことだ。ゆえに今までは私の血の魔力を分け与えていたのだよ。しかし私が死ねばその供給も絶たれる……そうだ。どうなるか見せてやろう」

バラドがパチンと指を鳴らすと、急にヨルが「が……あ……ッ！」と喉を押さえて苦しみだす。

「どうした!?」

「ちか、づかないで……のどが……っ」

歯を食いしばり、苦悶の表情を浮かべるヨル。

このままではおかしくなってしまいそうだ。

「私からそれへの供給を絶った。なんとか自分で吸血衝動を抑えられているとでも思っていたか？

死なない程度に力を送っていたのだよ。せっかく手塩にかけて育てた花嫁。殺すのは惜しいのでな」

「悪趣味な真似を……！」

「さあどうする人間？　食屍鬼《グール》になってでもそれに血を分け与えるか？　それとも見捨てるか？　言っておくが吸血衝動は直接肌から吸わないと収まらない。血を別の容器に移し飲ませたとしても衝動を強くするだけだぞ」

そう言ってバラドは高笑いする。

俺がヨルを見捨てられないことが分かっていて楽しんでいるんだ。

どうする？

俺はどうすれば――

「……ころ、して」

か細い声が俺の耳に入る。

その声の主はヨルだ。喉を押さえ、苦しそうにしながら俺に懇願してくる。

「誰も、私のせいで食屍鬼《グール》には……させない。それなら……死んだ方がまし」

体は弱りきっているが、その目に宿る力は強い。

理不尽に抗《あらが》う強い目。俺はその目が好きだ。理不尽な目に遭ってそこから立ち直る大変さを知っているから。

だからこんなところで見捨てたりはしない。

「なにか方法があるはずだ」

俺が食屍鬼《グール》にならず、彼女を救う方法。それを探すんだ。

でも普通に考えただけではそんな方法は思い浮かばないだろう。

だったら普通じゃない手を使うんだ。

俺にはあるじゃないか。俺だけにしか使えないあの技が。

今こそこの力を頼る時だ。

「いくぞ。【鑑定】――――！」

【ヨル・ミストレア（吸血鬼）】
レベル：67
亡国の姫。
吸血鬼バラドの力で吸血鬼に変えられた。
モルド爺の作る温かいスープが好きだった。

これがヨルの基本情報。

ここから更に『吸血鬼』の部分に注目する。

するとに細かい情報が出てくる……いいぞ。

【吸血鬼】
強靭な肉体と高い魔力を併せ持つ種族。
血を分け与えられた人間は吸血鬼へと姿を変える。
吸血した対象は食屍鬼《グール》化してしまう。

ここから更に……食屍鬼《グール》の部分に注目する。

【食屍鬼《グール》化】
物言わぬ屍人、食屍鬼《グール》に体が変質する状態異常。
防ぐ手段は少ない。

防ぐ手段は少ない、か。
ないことはないってことだ。俺は更にその部分を集中してみる。
すると更に情報が現れる。

【神の名を冠する能力《スキル》であれば抵抗《レジスト》可能】

その更に下に現れた情報を見た俺は、思わず笑みを浮かべた。

【抵抗《レジスト》可能スキル：神の目（1000％）】

「さあどうする⁉　その娘を見捨てるか、それとも食屍鬼《グール》に成り果てるか⁉　好きな方を選ぶといい‼」

愉悦に満ちた笑みを浮かべながら、バラドは叫ぶ。

しかし俺はそれを無視し、吸血衝動にひたすら耐えるヨルに話しかける。

「おい、俺から血を吸え」

「それは……出来ない。あなたを化け物にするわけにはいかない……」

「大丈夫だ。俺は食屍鬼《グール》にはならない。遠慮せず吸ってくれ」

そう言うと、ヨルは「この人なに言ってるんだろう」と言いたげな目を向けてくる。

まあいきなりそんなこと言っても信じてもらえない、か。

「まあとりあえずガブッといってくれ。ほら、遠慮せず」

首筋をさらしてヨルの目の前まで近づける。

ヨルはそれでもしばらく耐えていたが、やがて口からよだれを垂らしながらふらふらと近づく。

「もう……我慢出来ない……っ！」

牙を剝き、俺の首筋にがぶりと嚙みつく。

さすがにちょっと痛いが、まあ我慢出来る程度の痛みだ。

「ごめんなさい……ごめんなさい……」

血を吸いながらヨルは謝罪する。

俺の首に流れ落ちる温かい液体は血だけではないだろう。

ごくごくと俺の血を吸っていくヨル。

すると俺の体にも異変が起きる。

「痛《い》……っ！」

嚙まれた首筋から広がるように、なにかが体に侵入してくる感覚。

それを感じると同時に、俺の目に文字列が浮かび上がる。


【食屍鬼《グール》化因子確認。抵抗《レジスト》を開始します】


その文字が現れると同時に俺の体は楽になっていく。

どうやら神の目の特典が発動したみたいだ。

俺の体に変化がないことに気づいたのか、ヨルが驚いたような声を出す。

「本当に平気……なの……？」

「ああ。言っただろ？　平気だってな」

まだ首に牙を刺しているヨルの頭をなでると、彼女は声を出しながら泣く。

よほど他人を食屍鬼《グール》にしてしまうことが怖かったんだろう。

それにしてもまさか神の目にこんな隠し効果があったなんて。もしかして他にもなにか能力があるのだろうか。

と、そんなことを考えていると再び文字が現れる。


【抵抗完了《レジスト》。食屍鬼《グール》化因子及び吸血鬼の遺伝子情報の完全解析が完了しました】

【解析結果を用いて『吸血鬼』か、その上位種『夜の支配者《ナイトロード》』に進化可能です。進化いたしますか？　《はい／いいえ》】


「進化、だって？」

確か種族が変わることを進化と呼ぶはずだ。

一定の強さを得たモンスターが上位種に変化することがたまにあると聞く。実際ソラも普通のスライムから変幻自在《ヴァリアブル》のスライムという種族に進化した。

その現象が俺にも起きているのか。

「なぜ!?　なぜ食屍鬼《グール》にならない!?　貴様はいったい……何者なんだ!!」

後ろではバラドがやかましく喚《わめ》いている。

どうやら悩んでいる暇はないみたいだ。

「やってやるよ。【はい】だ」

夜の支配者《ナイトロード》というものが分からない以上、リスクはある。

でも俺はもっと強くなりたい。もう二度と理不尽な目に遭わないように。

そして俺の仲間に同じ思いをさせないために、どんな理不尽さも跳ね返す力が欲しい。


【────かしこまりました。『進化』を開始します】


体全体が沸騰するかのような感覚。

まるで体の内側からまるごと作り変えられているみたいだ。


【レベル制限《キャップ》を解放。種族ステージを更新。蓄積経験値の還元を開始────】

時間にして数秒。

全身の違和感が収まった時、俺は今までにない力を自分の中から感じた。

「こんな強大な力、今まで感じたことがない……！　あなたは本当に何者なの？」

俺の異変に気づいたヨルは吸血をやめ、俺のことをじっと見つめてくる。

不安そうにしている彼女に俺はこう言った。

「俺はお前の『味方』だよ」

そう言った俺は立ち上がり、バラドに向き直る。

【リック・ザラッド（人間・夜の支配者《ナイトロード》）】
レベル：183
スキル：神の目、夜王絶技《ナイトアーツ》
王家を追われた元王子。
神の力と夜の力をその身に宿している。

第三話　夜の支配者《ナイトロード》

夜の支配者《ナイトロード》に進化した俺がまず感じたのは、全身に広がる全能感。

今までもレベルアップした時は、体中にみなぎる力を感じていたが、今回のそれは今までの比じゃない。

まるで今までは体中に重りを付けて生活していたかのように、体が軽く感じる。

これが進化。今ならなんでも出来そうだ。

「貴様……なにをしたっ！　なんだその姿は!?」

叫ぶバラド。

姿ってなんのことだ？　と思ったが、自分の体を見てみたらいつの間にか体を覆う黒いマントが出現していた。

見た目は布だが、魔力で出来ているみたいだ。思った通りに動き、形を変えることが出来るのが本能で分かる。

おそらくこれが夜の支配者《ナイトロード》のスキル『夜王絶技《ナイトアーツ》』の一つなんだろう。中々自由度の高い、良いスキルを手に入れたみたいだ。

「なんでも俺は夜の支配者《ナイトロード》になったらしいぞ」

「馬鹿な……あり得ぬ！　夜の支配者《ナイトロード》は闇に生きる者達の王、伝説の種族だぞ！　貴様のようなただの人間がなれるはずがない！」

バラドは怒りに顔を赤く染めながら叫ぶ。

言葉では否定しつつも、心のどこかでは認めてしまっているみたいだ。

俺は少し離れているところで様子をうかがっているソラとベルの方に視線を移す。

「二人とも、ヨルを頼む」

そう伝えると二人はすぐさまこちらに戻ってくる。

よし、これで思い切り戦える。

「私と一人でやりあえるとでも？　確かに少しは強くなったようだが、戦力差は歴然だ」

バラドは血の海から化け物を次々と生み出していく。

夜の支配者《ナイトロード》となったことで分かる。あの怪物達は、バラドに血を吸われた犠牲者達だ。

殺されてなお、その魂を囚《とら》われ手下として使われる哀れな存在。それが『赤い怪物《レッドモンスター》』なんだ。

「お前らも救ってやる」

聖剣アロンダイトを抜き、構える。

すると聖剣は俺の魔力を吸い取り、その姿を変えた。

黄金の刀身に赤い線が走り、その鋭さは以前より増している。

内包する魔力も凄まじい。使わなくてもこれがどれだけ凄い武器なのか分かる。

【聖紅剣クリムゾン・ダイト】
ランク：EXⅡ
夜の支配者《ナイトロード》の力を得た聖剣。
闇と光、相反する属性を併せ持つ。

進化した聖剣を、構える。

するとバラドは生み出した怪物達に命令を下す。

「行けっ！　奴を肉片一つ残すな！　赤の軍勢《レッドドミニオン》！」

無数の怪物達が、その牙や爪を剝き出しにして俺に襲いかかってくる。

普通の人であれば泣き叫びながら逃げ出す、恐ろしい光景。しかし進化した俺は、その光景に全く恐怖を抱かなかった。

「いくぞ」

聖剣を握りしめ、横に構える。

大量の魔力を刀身にまとわせ、化け物達に向かって思い切り振る。

ヂィン、という聞いたことのない音と共に放たれる衝撃波。

それは一瞬にして無数の赤の怪物《レッドモンスター》の体を蒸発させてしまう。

「ば、ばかな……」

目の前の光景が信じられず、絶句するバラド。

彼の目の前には、血の海が広がるだけ。生み出した配下達が動くことはもうない。

俺は強化された脚力で一瞬で距離を詰め、バラドの腹部に蹴りを入れる。

「ふぐっ……!?」

苦悶の表情を浮かべながらよろめくバラド。

俺は続けて顔面を思い切り殴りつける。

「んがは!?」

バラドは地面を転がりながら苦しむ。

その表情にもう余裕はない。それどころか怯えまで見えた。

「や、やめてくれ！　私が悪かった！　もうその娘にも貴様にも手を出さない！　だから見逃してくれ！」

なんとこの期に及んでバラドは命乞いをしてきた。

国を滅ぼし、数多《あまた》の人間を殺し、少女を監禁しておいて、そんな台詞を言えるなんて驚きだ。

俺は奴の襟をつかみ、自分のもとに引き寄せて尋ねる。

「お前は今まで命乞いをしてきた人を助けたのか?」

「ぐっ……クソ。人間があ……あまり調子に乗るなよッ!」

バラドは突然牙を剝き、俺の首に噛みつこうとしてくる。

俺はその大きく開いた口の中に、聖剣を素早く差し込む。

「もがっ!?」

「もうお前とは口を利きたくない。今まで苦しんだ人の痛みを味わいながら死ね!」

聖剣に魔力を流し込む。

するとバラドの体内に光の魔力が流れ込み、体が中から崩壊していく。

「もご、うおおおおおおおおおッ!!」

森に響き渡る断末魔。

数秒の後、森には静寂が訪れ奴の体は完全にこの世から消え去った。

こうして国を滅ぼした怪物は滅んだのだった。

「ふう、ようやく終わったな」

しばらく経っても復活しないので俺はようやく一息つく。

中々にしぶとい相手だった。さすがに疲れたな。

「アイテムは……意外と落ちてないな。まあ体を乗っ取ったばかりだから仕方ないか」

バラドが消えた場所に落ちていたのは鋭い牙が二本と、真っ赤な宝石が付いている指輪。

武器とかがあるとワクワクするんだけど、それは他の場所で倒された時に落としたんだろう。まあしょうがない。

「ソラとベルもお疲れ様。助かったよ」

「ふふん、おやすいごよーだよ」

「わんっ！」

ヨルを守ってくれていた二人の騎士《ナイト》を労《ねぎら》う。

実際二人がいなかったら結構大変な戦いになっていただろう。二人とも小さくてかわいらしい見た目だけど、本当に頼りになる。

俺は二人を軽くなでた後、座り込んでいるヨルに目を向ける。

「大丈夫か？　立てるか？」

「え？　ああ……大丈夫」

彼女は立ち上がり、服についた土をはたいて落とす。

そして真剣な表情で俺の顔を見て、頭を下げる。

「私の国の……みんなの仇《かたき》を討ってくれてありがとう。この恩は忘れない」

「俺はそいつに頼まれただけだ。礼ならそいつに言ってくれよ」

俺はそう言ってヨルの持つ片眼鏡《モノクル》を指差す。

ヨルは一瞬驚いた表情をしたあと、穏やかな笑みを浮かべて「そうですね」と言う。

「ありがとう、モルド爺。爺の分も私は生きるから……」

大切な人を亡くした人の痛みはそう簡単には消えない。

でもヨルにはそれを乗り越える強さを感じる。きっと乗り越えてくれるだろう。

と、そんなことを考えていると草むらからガサガサと音が鳴り、なにかが姿を現す。

「誰だ!?」

音のした方を見ると、そこには俺がここに来る途中で倒した吸血鬼狩り《ヴァンパイアハンター》がいた。そういえば他の吸血鬼狩り《ヴァンパイアハンター》はバラドが殺してしまったが、こいつだけは俺が気絶させたままだったな。

その男は両手を上げながらゆっくりと近づいてくる。

「戦闘の意思はない。話を聞いてもらえないだろうか」

「……分かった。話を聞こう」

俺は警戒しながらもその男の話を聞くことにする。

一応ソラとベルにはヨルの警護をさせる。

「バラドとの戦いは隠れて見ていた。一連の流れは把握しているつもりだ」

「それなら話は早いな。いったいなんの用だ？　俺と戦う気か？」

「あの戦いを見て勝てると思うほど自惚《うぬぼ》れてはいない。私にもう戦闘の意思は、ない」

見ていたなら俺が仲間を殺したわけじゃないことも知ってるだろうし、ヨルを引き渡せと言っても断ると分かっているだろう。

いったいなにが目的なのだろうか。

「仲間を弔わせてほしい。一箇所に埋めて小さな墓標を立てるだけでいい」

「……そういうことか。それなら構わない」

俺のいた王国では死者は大地に埋めることで一度星に還《かえ》り、そして再び人として生まれ変わることが出来る……と言われている。

全ての国が同じ考えじゃないけど、多くの国で同じ思想が広がっている。こいつらも同じなんだろう。

「それと勝手な願いだが、私を見逃してほしい。私まで死ねば仲間が不審に思いここに来る可能性もある。だが生きて帰らせてくれるならば、あなた方のことは決して口外しないし、二度とこの森にも足を踏み入れない」

なるほど。たしかにそれは悪くない話だ。

モンスターならまだしも、人間とはあまり戦いたくないからな。

「だがその提案には問題が二つあるぞ。一つはあんたが約束を守る保証がないということ。そしてもう一つは……あんたを裁くのは、俺じゃないということ」

俺はヨルに顔を向ける。

吸血鬼狩り《ヴァンパイアハンター》に苦しめられたのは他ならぬ彼女だ。

俺が勝手に決めていい話じゃない。

「どうする？　こいつらを許せるか？」

俺の問いにヨルは目を閉じて考え、一つの結論を出す。

「この人達から逃げている間、私は凄く怖かった。今もその恨みは消えてはいない。でも……この人達がいなかったら、私は今もバラドに囚われていた」

ヨルの言う通りだ。

吸血鬼狩り《ヴァンパイアハンター》達は良くも悪くも状況を変えた。

「仲間を失って罰はもう受けたと私は考える。それが私の答え、いい？」

「ヨルがそれでいいって言うなら俺はなにも言わないさ」

俺がそう言うと、吸血鬼狩り《ヴァンパイアハンター》の男は深く頭を下げる。

「……感謝する」

「構わない。それよりもあなたには『血の盟約』を受けてもらう。私の血を文字としてあなたに刻み込む。もしその内容を破ったりしたら、盟約の罰を受けあなたは体内から切り裂かれ、死ぬ。それがあなたを生かして返す条件」

なるほど。それならバラされる心配はなくなるな。

さすが吸血鬼、便利な能力を持っている。

「構わない。やってくれ」

男はそれをすんなりと受け入れた。

ヨルは指先から血を出し、男の手のひらに文字を書く。

その文字は男の体内にすうっと溶けていき、消える。

「これで終わり。もう行ってもらって構わない」

「ああ、分かった。……それじゃあ達者でな」

男は仲間を弔うため、立ち去る。

これで本当にやることは全て終わった。

「それじゃあ帰るか。ヨルも来るだろ？」

そう尋ねると彼女は少しだけ考えた後、こくりと首を縦に振る。

俺は彼女の手を取り、みんなで帰宅するのだった。

◇　◇　◇

家に帰る途中、俺達はリリアに出会った。

ヨルが心配で突然家を飛び出したモルドを追い、森の中を走っていたようだ。

俺はなにが起きたのかを全てリリアに話した。

リリアはモルドを止められなかったことを悔み、自分を責めた。

だけどそれはリリアのせいじゃない。モルドは自分の意志で命を落とし、満足して逝った。

俺とヨルがそう言ったことでリリアはなんとか落ち着きを取り戻した。

リリアは強い。まだ少し引きずっているみたいだけど、時間が解決してくれるだろう。

そうして無事帰宅した俺はソファにドサッと腰を下ろす。

ふう、やっと帰ってこれた。

みなそれぞれにくつろぐ中、ヨルだけは立ち尽くして居心地悪そうにしていた。

この家に来るのは初めてじゃないとはいえ、まだ落ち着かないよな。

「自分の家だと思って適当にくつろいでくれ」

「ありがとう。でもその前に……お墓を作りたい」

ヨルの手にはモルドの片眼鏡《モノクル》がある。

確かに気持ちに整理をつけるためにもそれは必要な行為だ。

「分かった。俺も手伝おう」

家から出て、少し離れたところにモルドの墓を立てた。

遺体はないのでヨルは墓標に片眼鏡《モノクル》をかけた。

ここはギリギリ結界の中、モンスターに荒らされることはないだろう。

「……モルド爺は私が生まれた頃からずっと世話を焼いてくれていた。私にとっては家族も同然だった」

昔を思い出すように、ぽつりぽつりとヨルは語りだす。

「吸血鬼に姿を変えられてからも私が正気でいられたのは、爺がいてくれたおかげ。きっと一人だったら正気でいられなかった。返しきれないほどの恩があるのに、私は最後までそれを返せなかった……」

　墓の側にうずくまり、ヨルは肩を震わせる。

　俺はそんな彼女の肩に手を乗せる。

「最期の時、モルドは笑っていた。自分の死よりヨルが無事なことが嬉しかったんだ。だから生きることがモルドに対する最大の恩返しになる……と俺は思うぞ。勝手に代弁しているみたいで悪いけどな」

　俺の言葉にヨルは返事をしなかったが、うずくまりながら頭を縦に振っていた。

　この子はかしこい。後を追うような真似はしないだろう。

　ヨルには一人で悲しみと向き合う時間が必要だと考え、俺はそっとその場を去った。

「ねえ。あの子だいじょぶだった？」

　少し進むとソラとベルが心配そうに近づいてきた。

　二人ともヨルが気になっているようだ。

「ああ、大丈夫だよ。だけどそうだな……ベルは近くにいてやってくれるか？」

「わふっ」

　ベルは任せろとばかりに吠えると、ヨルのもとに行く。

すると俺の肩に乗せ替えられたソラが不思議そうに尋ねてくる。

「なんでベルだけ行かせたの？」

「話を聞いてくれる存在が近くにいると助かると思ってな。でもそれは聞いてくれるだけの存在の方がいいと思った。俺やソラは話せるから完全に気を許すのは難しいんだ。その点ベルは話せないからなんでも気兼ねなく話すことが出来る」

「ふーん」

これはよく分かってない「ふーん」だ。

まあまだソラは子どもだから分からないか。俺も母上を亡くした時にその気持ちが初めて分かったしな。

「さ、帰って支度をするとしよう」

「したく？　なんの？」

ソラが首を傾げる。

「ご飯の支度だよ。泣くと結構疲れるもんだ。ヨルに美味いものを食べさせてあげようじゃないか」

「うおー！　ソラもおなかすいた！」

テンションが上がってぴょんぴょんと肩で跳ねるソラと共に、俺は家の中に戻る。

家に入ると、座っていたリリアが椅子から立ち上がり俺のことを心配そうな目で見る。

「あの。ヨルさんは……」

「大丈夫だよ。少ししたら戻ってくる。それよりこれから飯を作ろうと思うんだ、リリアも手伝ってくれないか？」

「ま、任せてください！　私頑張ります！」

リリアはパッと顔を明るくさせる。

ヨルを元気づけてあげたいんだろう。その気持ちは俺も同じだ。

俺、リリア、ソラの三人は気合充分にキッチンに立つ。

「さて、なにを作ったもんかね」

「ヨルさんはなにが好きなのでしょう？　吸血鬼さんが好きなものとかあるのでしょうか？」

「おなかすいたー」

会議は難航する。

俺とリリアが悩んでいると、ソラがのんきに言葉を発する。

「ソラはねー、あのきらきらのスープがのみたいなー」

「……あれか。温かいものは力が出るしいいかもな」

ソラの言う料理は俺の編み出した特製料理だ。

クセの強い食材も入ってないし、味もかなりいい自信作だ。中々いいチョイスだ。

「よし、じゃああれを作る。リリアは鍋で湯を沸かしたあと野菜を切ってくれ、ソラは……応援してくれ」

「任せてください！」

「がんばれー」

こうして俺達は一斉に動き出す。

まず俺はキッチンに備え付けてある『次元神の保管庫』を開ける。

この保管庫は中に入れたものの時間を止める、つまり食材を凍らせなくても鮮度を維持することが出来る。中は異空間になっていて見た目よりたくさん物が入るし、かなり便利な魔道具だ。

「……あった。取っておいてよかったぜ」

保管庫から取り出したのは、光り輝く肉の塊。

まるで宝石のように輝くこの肉は宝石角牛《ジュエルバイソン》の肉だ。

角が宝石になっているその牛は、肉も宝石のように輝いていて、味も絶品だ。ここらへんにいる食用可能なモンスターは結構色々食べたけど、この肉はその中でもかなり上位に入る美味さだ。

肉に塩コショウし、炎神のフライパンを火にかける。

そして神の目でタイミングを見極め……一気に焼く。火をかけた瞬間に光り輝く脂が湯気となり周りに飛び散る。いい匂いだ、このまま食べちゃいたいくらいだ。

「リリア、そっちはどうだ？」

「お湯はもうすぐ沸きます。お野菜もそろそろ最初の分は終わります！」

「さすがに速いな。助かるよ」

リリアはかなり気が利くし、手先も器用だ。

将来はいいお嫁さんになるだろう。もちろん戦士としても大成出来る、将来が楽しみだな。

「肉は一旦寝かして……と。スープを作る、横通るぞ」

「はい！　お願いします！」

リリアが湯を沸かしてくれていた鍋の前に移動する。

そこに鎮座しているのは黄金の寸胴鍋。これも魔道具であり、蓋をすると超圧力がかかる優れものだ。更にどういう仕組みか分からないが灰汁《あく》を全て吸い取ってくれる。

スープを作るにはもってこいだ。

「水晶鶏の骨《ガラ》に全能ネギ。星球《たま》ネギとサンライズハーブ。そして星生姜《スタージンジャー》とマンドラゴラを少々……と」

最後に隠し味の琥珀酒《こはくしゅ》を入れ、蓋をする。

これで中に圧力が加わり、すぐに食材の旨味が溶け出してくる。

だけど今は時間が惜しい。もう少し時短するとしよう。

「時間加速《ヘイスト》」

ソフィアに教えてもらった時間を加速させる魔法を発動。

鍋の時間を加速させ、あっという間にスープのもとを作り出す。

「……うん。よく出来てるな」

蓋を開けると中にはキラキラと光り輝くスープが出来ていた。

あとは調味料と具材を入れて少し煮込んだら完成だ。

「リリア」

「いつでもいけます！」

全部聞く前に返事が飛んでくる。

本当に出来た子だ。

あらかじめ入れておいた鶏ガラなどを取り出す。

そして炒めておいた牛肉、そしてリリアが処理してくれた公爵芋と修羅人参、そして追加の星球《たま》ネギをスープに加える。

味付けに使うのは光り輝く塩、『星塩』だ。

地下深くからしか取れないこの塩は、星の旨味が詰まっていると言われるほど深い味を持っている。

材料を全て入れ、少し煮込んだ後、蓋を開く。

その瞬間、光り輝く湯気が部屋の中に広がる。

「完成だ」

俺の特製レシピの一つ、その名も『星空のスープ』の出来上がりだ。

これならきっとヨルも喜んでくれるだろう、そう思ってるとタイミングよくヨルが帰ってくる。

ふう、なんとか間に合ったな。

「……なに？　この匂い。とってもいい香り……」

くんくんと鼻を動かすヨル。

俺は彼女のお腹が小さく鳴るのを聞き逃さなかった。

「まあ座ってくれよ」

「う、うん……」

困惑しながらもヨルは席に着く。

さて、喜んでくれるといいが。

「これくらいかな、と」

完成した『星空のスープ』を皿によそう。

立ち上る湯気はキラキラと輝いている。見たことはないけどオーロラはこんな感じなのだろうか。

少し多めによそったけど、まあ食べられるだろう。

「どうぞめしあがれ」

少し肉を多めに入れたそれを、ヨルの前に置く。

急な展開についていけないのか、少し困惑気味のヨル。しかしその目はスープを捉えて離さない。

空腹には抗えないみたいだな。

「これって……？」

「ヨルのためにみんなで作ったんだ。色々と疲れただろ？　元気の出る物をたくさん入れたから食べてくれ」

「私のために……」

「そうだ。俺だけじゃない、リリアやソラもヨルに元気になってほしくて手伝ってくれたんだ」

ヨルは俺達を見回したあと、困惑した様子で口を開く。

「気持ちは嬉しい。でもどうしてそこまでしてくれるの？　私達は昨日たまたま出会っただけ。なんでここまで……」

ヨルは今まで悪意に触れ続けていた。

吸血鬼に襲われ、家族と故郷を奪われ、自分の体まで変えられた。

更に助けに現れた人間は自分の命を狙ってきた。他人を信じられなくなっても無理はない。

俺だって国を追われた後、出会ったのが悪人だったらそうなっていたかもしれない。出会ったのがリリアやソラだったからそこまでにならずに済んだ。

「……俺もヨルと同じなんだ。酷い目に遭って、故郷を追われてこの森に来た」

そう言うと、ヨルは驚き目を見開く。

「あなたも……」

「ああ。俺の場合はなにかに襲われたっていうんじゃなく、家族に見限られたんだけどな」

自分で言っておいてなんだが、俺ってかなり悲惨な目に遭ってるな。

今こうして楽しく暮らせているからそんなこと忘れてた。

「まあだから似たような境遇のヨルを他人とは思えないんだよ。お節介な奴に捕まったと思って世話を焼かせてくれ」

「……わかった」

ヨルはこくりと頷き、スプーンを手に取る。

どうやらひとまずは納得してくれたみたいだ。

「いただきます」

きらきらと光るスープにスプーンをつっこみ、すくう。

そしてそれをゆっくりと口に含み、飲んだ。

「……」

ヨルは無表情のまま、なにも言わない。

どうしたんだろうと不安になって見守る俺とリリア。

すると彼女は再びスプーンですくい、スープを飲む。

そして今度は前回より速いスピードで、三口目を口に運び……目から大粒の涙をこぼした。

「ヨル……」

俺達が見守る中、彼女は泣きながらスープを口の中にどんどん入れていく。

どうやら気に入ってもらえたみたいだ。俺とリリアは小さく手を叩きあい成功を喜ぶ。

「うぅ……おいしぃ……あたたかい……」

その涙は地獄から解放された安堵《あんど》か、それとも大切な人を失った悲しみからか。

部外者である俺には分からないが、きっとヨルは今自分の気持ちに折り合いをつけているんだろう。

いっぱい食って、泣いて、寝ればきっと心も落ち着くはずだ。今後のことはそれから決めても遅くはない。

「じゃあ俺達も食べるとするか。食事は賑やかな方が楽しいしな」

「はい！　私よそいますね！」

「ソラ、おなかすいたー」

「わふっ！」

新しい仲間とともに俺達は食卓を囲む。

その日の食事は夜遅くまで続き、楽しく騒がしい、記憶に残るものになったのだった。

◆　◆　◆

――アガスティア王国、王都アルガード。

その王城の廊下を一人の男が歩いていた。

「あの件は部下に頼むとして……やはり問題は北の戦線か……。せめて〝竜姫《りゅうき》〟さえ残ってくれていれば……いや、そんなことを考えても仕方ないか。リッカード殿下が戻りでもしない限りあれが帰ってくることはありえない。陛下がご乱心なさらなければこんなことには……」

あごヒゲをイジりながら初老の人物はぶつぶつと呟く。

彼の名前はバフォート・ラ・カウエット・ミグルロット。

アガスティア王国の侯爵の一人である彼は、この国の宰相をも務めている。

宰相と言えば聞こえはいいが、行うのはもっぱら王国各地で起きている問題の対処。そのどれもが頭を抱えるような案件であり、抱え過ぎて彼の頭は日を追うごとに髪が抜け落ちていた。

いったい何日家に帰っていないだろうか。そんなことを考えながら歩いていると前から歩いてきた人物とぶつかりそうになる。

バフォートは慌てて横に避け、前から歩いてきた人物に目を向ける。貴族ではなく兵士であれば一発怒鳴りつけてやろうかと思っていたが、その人物はとんでもない人物であった。

「おや、ずいぶん熱心に考え事をしていたみたいですね。ミグルロット候」

「ふぃ、フィリップス殿下!?　申し訳ございません！」

バフォートは慌てて頭を下げる。

なんとぶつかりそうになった相手はこの国の第一王子フィリップス・フォン・アガスティアであ

った。

柔和な笑みを浮かべるフィリップスだが、その笑顔の裏ではなにを考えているか分からない恐ろしさがある。

まだ怒鳴り散らす国王の方が分かりやすくていい。

立場が下のはずの自分に敬語まで使う彼を薄気味悪く思っていた。

「構いませんよ。ミグルロット候は父の無理難題をよくこなしておられる。貴方がいなければ私の仕事はもっと増えていたでしょう」

「もったいなきお言葉です殿下。殿下のご期待に応えられるよう一層精進いたします」

そう頭を下げ、その場を去ろうとする。

しかしそんな彼にフィリップスは言葉を投げかける。

「気になっているのではありませんか？　なぜ父上がリッカードを追い出したのか」

「――――ッ!?」

その言葉にバフォートは立ち止まる。

リックが家を追われた時、バフォートはその場におらず、事の顚末《てんまつ》は後から聞いた。

確かにその時彼は思った。

――――なにも殺すほどのことではないのではないか、と。

「……なぜ私にそのような話を？」

「私が王位を継いだ後も、貴方には宰相を務めていただきたい。今から仲良くしてもいいと思いましてね」

読めない。

バフォートは心のなかで警戒する。この王子がただ仲良くなるためだけにこのような話をするとは思えなかった。

しかし警戒してもなお、その情報は聞きたかった。

それほどまでに目の前にぶら下げられた餌は彼にとって魅力的だったのだ。

「……教えていただいてもよろしいでしょうか？」

「もちろん。では少し散歩に付き合っていただいてもよろしいでしょうか？」

歩き出す王子の後ろを、ゆっくりとついていく。

バフォートが連れてこられたのは、城内の庭園であった。

緑豊かな庭園だが、手入れが行き届いているとはいえなかった。

(昔は綺麗な庭園であったが……今は見る影もないな)

十年ほど前は、色取り取りの花が咲いていたのに、とバフォートは昔を思い返す。

フィリップスは庭園の一角で立ち止まると、弱々しく咲いている花を見ながら口を開く。

「……この庭園は、生前母がよく手入れをしていました」

「はい、よく覚えております。王妃殿下は花を愛する優しきお方でした」

リックとフィリップの母、マリア・ルーメリア・アガスティア王妃。

黒い髪と瞳が美しく、慈愛に溢れた国民から信頼の厚い人物だった。

「母とともにここで過ごしたのをよく覚えています。あの時は幸せだった」

フィリップスは昔を思い返すように言う。

そんな彼にバフォートは辛そうな表情で声をかける。

「王妃殿下のことは……残念でございました……」

「謝る必要はありませんよ。あれからもう十年。私も母上の死は乗り越えたつもりです」

そこまで言って、「ですが」とフィリップスは前置く。

「父は別です。まだ母の死から立ち直れていない」

「……陛下は目の前で王妃殿下を亡くされています。無理もないかと」

十年前、リガルド王は目の前で王妃を殺された。

その時救えなかった無力さから、王は過度に『力』にこだわるようになった。

バフォートもそれはよく理解していた。しかしそれとリッカードにどんな繋《つな》がりがあるのかまでは見当がつかなかった。

「……リッカードは母によく似ています。あいつの黒い髪と目は母から受け継いだもの。父はあの目で見られる度、自分が責められているように感じていたのでしょう」

「そ、そんな、ことが……!?」

確かに王妃が死んでからリガルド王はリッカードに強く当たるようになった。

それは王妃を失ったショックと、息子を強くするためだとバフォートは思っていた。まさか亡くなった王妃に似ているからだとは思わなかった。

「そんな、理由で……」

「これはかりは家族ではない貴方には分からないでしょう。そして理由はそれだけではありません。父はリッカードを恐れていたのです」

「陛下が殿下を？　さすがにそれは……」

信じられない。その言葉をバフォートは飲み込む。

真っ向から否定するようなことを言えば不興を買ってしまう可能性があるからだ。

「リッカードは時折、先を見透かすような言動を取りました。まるで未来でも見えているかのような。父はその力を恐れていた。己の理解出来ない力を、父は恐れていたのです」

「ゆえにあの日、陛下は殿下を追放したと。にわかに信じがたい話ですが、それならあの言動にも納得が出来ます……」

リガルド王のリッカードに対する処置は徹底的だった。

彼の育ってきた痕跡を消そうとするその執念は鬼気迫るものであった。それが恐怖からくる感情なら納得も出来る。

「私の目から見てもリッカードは不気味な存在でした。父の行動には驚きましたが、私にとっては僥倖。王位を継げるのは間違いないでしょう。だから……」

フィリップスは冷え切った瞳でバフォートのことを見て、言う。

「くれぐれも弟を捜そうなどと思わないことです。あいつは死んだのですから」

この時バフォートは全て理解した。

フィリップスは釘《くぎ》を刺すために自分にこんな話をしたのだと。

余計なことをするな。ただ言われたことだけをこなせと。王は自分なのだと。

そう、彼は暗に言っているのだ。

「か、かしこまりました」

「分かればいいんです。さ、仕事も溜まっているでしょう。戻っていただいて大丈夫ですよ」

「はい、失礼いたします」

バフォートは逃げるようにその場を去る。

その背中を見送ったフィリップスは、弱々しく咲いた花を無造作にちぎると、地面に投げ捨て踏みにじる。

「奴は死んだ。死んだはずなんだ……」

その時の様々な感情が入り交じった彼の表情を、見た者は誰もいなかった。

◆　◆　◆

ヨルを引き取ってから一週間の時が過ぎた。

その間俺は彼女の面倒を見続けた。ご飯を作り、一緒に外で遊び、色んな話をした。

まるで妹が出来たみたいで俺も悪い気はしなかった。

ただ、俺は面倒を見すぎたみたいで……ヨルにめっちゃ懐かれてしまった。

「ぎゅー」

「参ったな……」

今では椅子に座ると必ず上に乗っかってくる。

妹どころかこれじゃ赤ちゃんだ。

今もソファに座る俺の上に乗っかり、向かい合うように抱きついてきている。

親を早くに亡くして甘えることが出来なかった分を取り返したいのは分かるけど、ちょっと度が過ぎてるな。

「ヨル、いつまで乗ってるつもりだ？」

「……だめ？」

「だめ」

「むー」

即答するとヨルはぷくっと頬を膨らませて抗議してくる。

かわいいなこの生き物……。

「私はリックに眷属返しされた。つまり私はリックの眷属みたいなもの。ご主人さまに奉仕するのは眷属の役目」

「これのどこが奉仕なんだ。いい加減降りなさい」

無理やり引っ剥がして右隣に座らせる。

ヨルは不服そうにしながら腕にひっついてくる。まあ乗っかられるよりはマシか。甘んじて受け入れよう。

「あー！　ふたりしてなにやってるの!?　ずるい！」

今度はソラが俺の上に乗っかってくる。

それを見たベルも「わふっ！」と飛び乗ってくる。あっという間に俺は一人と二匹にもみくちゃにされる。

「賑やかなのは嫌いじゃないけど、これはちょっといきすぎだな……」

と、朝からボヤいていると家の扉が開く。

「おじゃましまーす！　あ！　楽しそうなことしてますね！」

「そう見えるか？」

ふざけた自覚があるのか、リリアは「えへへ」と舌を見せておどける。

こちらに近づいてくる彼女にヨルは、

「おはようリリア。いいところに来た」

「おはようヨルちゃん。いいところって？」

ヨルとリリアもすっかり仲良くなった。

いつもは妹キャラのリリアもヨルに対してはお姉ちゃんでいたいみたいで色々と世話を焼いている。

最初こそヨルも警戒していたが、ひたすらにいい子なリリアに心を開くのに時間はかからなかった。

「私の逆側が空いている。リリアも飛び込むといい」

そう言ってヨルは俺の左側を指差す。

右腕はヨル、体はソラとベルが占拠しているので確かにそこは空いている。いや空いてはいるが……。

「おいおいリリアはそんなことしな……」

「し、失礼しまひゅ！」

そう言ってリリアは俺の左側にぴとりとくっつき、腕に手を回してくる。当然彼女の豊かな胸が腕に当たり強い主張をしてくる。

ま、マジかよ。こんなことする子じゃなかったのに！

恥ずかしくないのかと顔を覗いて見ると、顔だけじゃなく耳まで赤くなってる。自分でやっておいて恥ずかしいんじゃないか。

「リリア、いいくっつき」

「えへへ……ありがとうヨルちゃん」

謎の友情を深める二人。

本当に仲いいね君達……。

「全く……これじゃ動けないじゃないか」

「じゃあこのまま寝る。今日は特にやることもない」

「いいですねお昼寝！　こうやってみんなで寝るの私好きなんですよ！」

そう言うや二人は俺に体重を預け、すやすやと昼寝を始めてしまう。

……はあ、仕方ない。たまにはこんな日があってもいいだろう。

「しょうがないから俺達も寝るか」

「うん！　ソラ、リックのうえでねるのすきー」

俺は体にたくさんの体重を感じながら目を閉じる。

頼られ、振り回される毎日。

俺はその毎日を、愛《いと》おしく思うようになっていた。

まあ絶対に口には出さないけどな。

◇　◇　◇

よく晴れた日のこと。

俺はいつも通り畑仕事に精を出していた。

ちなみに今日はヨルが手伝ってくれている。

吸血鬼は日光が苦手なものだと思っていたけど、それは下位の吸血鬼、たとえば『劣種吸血鬼《レッサーヴァンパイア》』や『食屍鬼《グール》』などに当てはまる特徴らしい。

ちゃんとした吸血鬼は日光を克服している。回復能力も高いし、普通の人間では銀の武器を使わないと倒すのは難しいだろうな。

「リック、こっちは終わった」

「もう終わったのか。ありがとな」

ヨルがつばの大きな帽子を揺らしながら近づいてくる。

日光を受けてもダメージは受けないけど、それでも嫌いではあるみたいだ。吸血鬼の本能みたいなものだろうか。

ちなみに俺は日光に対する苦手意識はない。

『夜の支配者《ナイトロード》』なんてものになったから少し不安だったけど、杞憂《きゆう》だったな。

「あ。これもそろそろ収穫出来そう」

「それは待ってくれ。俺がやる」

「え？　なんで？」

不思議そうにヨルが首を傾げる。

他の植物なら問題ないけど、これだけは他の人に任せられない。

「これは『マンドラゴラ』って植物だ。一見すると普通の植物にしか見えないけど、これの根っこには顔があって引き抜くとそこから大きな声をだす。それを近くで聞くと精神異常を起こすらしいんだ」

「マンドラゴラって伝説の植物じゃなかった？　なんでそんなものが畑に……」

ヨルは精神異常を起こすことよりも、マンドラゴラが畑にあることに驚いていた。

俺も感覚が麻痺《まひ》しているけど、そのリアクションが普通かもしれない。最近はリリアも驚かなくなってきたのでこういうリアクションは新鮮で助かる。

「じゃあどうやって収穫するの？」

「コツがあるんだ。まあ見ててくれ」

マンドラゴラの側にしゃがみ込み、地上に出た葉の部分を持つ。

そして神の目の力の一つ『透視《クリアアイ》』を発動する。

「口は……こっちか」

透視《クリアアイ》を発動したことにより、土の中にあるマンドラゴラが透けて見えるようになる。

頭の中で抜いた後にやることを想像《シミュレート》し、それを実行に移す。

「ほっ」

スポッとマンドラゴラが抜ける。

するとマンドラゴラは口を開けて声を発しようとする。しかし俺はそれより早く手に黒いナイフを生成し、マンドラゴラの口に突っ込む。

「オギャッ……ッパァ!?」

口の中にナイフを突っ込まれたマンドラゴラは短い断末魔を上げ、絶命する。

ふう。これをやる時はいつもハラハラするな。

「リック、今のは?」

「マンドラゴラはこうして仕留めるのがいいらしいんだ。埋まってるところを仕留めるやり方もあるらしいんだけど、叫ぶ直前に口の中を一突きすると一番鮮度がいいらしい」

「そうなんだ。でもそんな芸当出来るのリックくらい。私はやらない方がよさそう」

「マンドラゴラの叫び声が吸血鬼に効くのかは分からないけど、危ないことをやる必要はない。どうしても俺がいない時にマンドラゴラが必要になったら、埋まった状態で草の生えてる部分を刃物で突き刺してくれ。鮮度は多少落ちるがそれでも収穫は出来るはずだ」

「分かった。それにしてもリックは物知り、凄い」

ヨルは目を輝かせて尊敬の眼差しを向けてくるが、これも全部神の目で得た情報なので素直に受け取れない。

【鑑定】すると対象の大雑把な情報を知ることが出来る。そしてその情報を更に深く掘り下げることも出来る。

マンドラゴラの採取方法もそうやって知った。

スキルの力も本人の力だ。というのが一般的な考えだけど、俺はそうは思わない。

神の目に頼り切りじゃなくて俺自身ももっと強くならないとな。

「それにしてもリック、力の使い方が上手くなった」

「ああ、この力のことか。まあ毎日練習してるからな」

俺は手から黒い影を出して操ってみせる。

これは夜の支配者《ナイトロード》のスキル『夜王絶技《ナイトアーツ》』で使える技の一つ『影の指揮者《シャドウマスター》』だ。

変幻自在の影を生み出し、マントや手、刃など様々な姿に変えて操ることが出来る。

マントにして纏《まと》えば鎧になり、鋭くすれば武器になる。使い方は無限大、便利な技だ。

「スキルは使えば使うほど磨かれるって屑《バラド》が言ってた。きっとリックのスキルももっと強くなる」

「へえ、阿呆《あいつ》がそんなことを。それは楽しみだな」

夜の支配者《ナイトロード》になったことで人間のレベル制限《キャップ》とやらを超えることも出来た。

俺はもっと強くなれる。

みんなを守れることはもちろん、強くなることは純粋に楽しかった。

「さて、と。これくらい採ればしばらく保つだろう。帰るとするか」

「うん」

差し出される小さな手。

俺はそれを握ると一緒に家に帰るのだった。

◆　◆　◆

「ふんふふーん♪」

上機嫌に鼻歌を唄いながら、森の中を歩く少女。

彼女の名前はリリア・パスキアーナ・シルフィエッド。ここパスキアの大森林に住むエルフの一人だ。

エルフは人前に滅多に姿を現すことはない。

見目麗しいエルフは、人間となにかとトラブルを起こしやすい。なので村を出たエルフ、いわゆるはぐれエルフ以外は人里離れた所に里を作り、ひっそりと暮らしている。

リリアもまた、その例に漏れず人と接することなく暮らしていた。

しかし最近出会った人間に救われたことで、怖いと思っていた人間に対する印象はガラリと変わった。

最初は救ってくれた恩人に恩を返すため会いに行っていた。

しかし共に時間を過ごす中で彼女は彼に惹かれていった。今では彼の家に行くのが一番の楽しみになるほどだ。

彼女の同族《なかま》や父親は彼女の恋心《それ》にすぐに気がついた。

他のエルフ達もその人間をよく思っているため、彼女の気持ちはみんなに応援された。父親からは「孫が見れる日も近いかもな」とからかわれるほどだ。

そこまでは考えていなかった彼女だが、そんなことを言われれば意識してしまう。

彼の家の前についたリリアは、すー、はー、と深呼吸し心を落ち着かせ、いつもと変わらない元気な声を出しながら扉を開く。

「おじゃましまーす！」

中に入るとそこには彼が……いなかった。

いたのはソファに座る銀髪の少女のみ。スライムのソラとケルベロスのベルの姿もなかった。

「あれ？」

辺りを見渡しながらその少女、ヨルのもとに向かう。

するとヨルは視線を上げ、リリアのことを見る。

「いらっしゃいリリア。リック達ならいないよ」

「へ？　そうなの？」

意外そうにするリリア。

リックが午前中からいないことは珍しい。リリアは長い耳を垂らししょぼんとする。

「今日は朝から運動したい気分だったみたい。お昼には帰ってくると思う」

「そうですか！　じゃあ少し待たせてもらいますね！」

機嫌を取り戻したリリアは、上機嫌でキッチンに行くと紅茶を淹れ始める。

家の中にあるものは自由に使っていいと家主《リック》から言われている。それに掃除はリリアがやることが多いので細かい物の配置は彼女の方が詳しいくらいだ。

「ヨルちゃんも飲みますよね？」

「うん。お砂糖は五つ……」

「ミルクもたっぷり。ですよね？　任せてください！」

ヨルの好みも熟知しているリリアは、手際よく紅茶を淹れると、部屋の中央にあるテーブルにカップを二つ置く。

部屋隅のソファに座っていたヨルも中央のテーブルの椅子に腰を下ろしていた。

「ん。おいしい。さすがリリア」

「ふふ。ありがとうございます」

リリアは笑みを浮かべた後、自分もカップに口をつける。

使った紅茶の葉は畑から採れたもの。当然そこらに売っているものより数段いいものだ。

爽やかな香りが鼻を抜け、リリアの心はリラックスする。

しかしそんな空気をぶち壊す言葉が、ヨルの口から放たれた。

「リリアはリックのこと、好き？」

「ぶふーっ!!」

口に含んでいた紅茶を盛大に吹き出すリリア。

対面に座っていたヨルの顔にそれは容赦なく命中する。

「ああ！　申し訳ありません！」

「問題ない。これくらい自分で拭ける」

表情を一切崩さず、ヨルは顔をタオルで拭く。

そして再びいつも通りの感情の薄い目をリリアに向ける。

「それで、どうなの？」

「ど、どどどどうと聞かれましても。そ、そりゃリックさんのことはお慕いしてますよ？　いつもお世話になってますし助けていただいた恩もあります。一緒にいる時間も長いですしええと」

「リリア、私は真剣に聞いてる」

有無を言わさない圧を放つヨル。

リリアはしばらくうんうんと頭を悩ませたあと、観念したように言う。

「……はい。好き、です」

長い耳の先っぽまで赤くするリリア。

彼女の言葉を聞いたヨルは満足げに笑みを浮かべる。

「そう。それを聞けてよかった」

「へ？」

想定外のヨルの言葉にリリアは首を傾げる。

てっきり「どちらが勝っても恨みっこなし」などといったことを言われるかと思っていた。

「ヨルちゃんもリックさんのことが好き……なんだよね？」

「ええ。私はリックのことを愛している。彼のためであればなんだって出来る」

「あ、愛」

ヨルの言葉にリリアは更に顔を赤くする。

「リックのことが好きという気持ちに嘘はない。でも……私はリリアのことも好き。もしリリアが私と一緒にリックを支えてくれるなら嬉しい」

「え、ええ!?　ヨルちゃんはそれでいいの!?」

リリアの当然の疑問に、ヨルはこくりと頷く。

それは彼女の偽らざる本心だった。

「私にも独占欲はある。だけどそれ以上にリックの力になりたい。悔しいけど私だけじゃリックを支えきることは出来ない。だから……リリア、どうか貴女の力を貸してほしい」

「ヨルちゃん……」

リリアはかなり驚いていた。

まさか目の前の少女がそこまで深く考えているとは思っていなかった。

リリアは立ち上がりヨルの手を取る。そしてヨルの目をジッと見つめて彼女の問いに答える。

「もちろん私も力になりますっ！　一緒にリックさんを支えましょう！」

「……ありがとう。とても嬉しい」

そう言って微笑《ほほえ》むヨルの顔はとてもかわいらしく、女であるリリアですら恋に落ちそうなほどであった。

慌てて手を離し、平静を取り戻したリリアは、ヨルに尋ねる。

「それで……リックさんが帰ってきたらなにかするのでしょうか？」

「作戦なら考えてある」

ヨルは家の中に鎮座している水晶のもとに行き、それに手を触れる。

「この水晶は家を守る結界を操作するためのものだけど、実は家の構造も変えることが出来る」

「家の構造を、変える？」

言葉の意味が分からずリリアは首を傾げる。

「言葉で説明するよりも見た方が早い。えい」

ヨルが水晶に魔力を流すと、なにもなかった壁に突然扉が現れる。

扉を開いてみると、中にはなんとちゃんとした部屋があった。リリアは意味が分からず更に混乱する。

「どういうことですか……!?」

「この家はかなり特殊。外から見たら大きな家じゃないけど、空間拡張魔法の効果で中の面積をかなり広くすることが出来る」

暇な時間が多いヨルは、水晶をいじる時間が多かった。

そのおかげで水晶を操作する能力はリックよりも高くなっていた。

「私は水晶にいくつもの部屋の情報《データ》が保存されているのを発見した。その中に一つ凄いものがあった。これは使える」

「凄いもの、ですか?」

ヨルはその言葉に頷き、口を開く。

「私が見つけたのはとても大きな『露天風呂』。これは使える……!」

◆　◆　◆

「ふー、疲れた疲れた」

朝からソラとベルと共に狩りに出ていた俺はそう言いながら家の扉の前に行く。

結構走り回ったので服のあちこちに泥がついている。

「一回水浴びでもしたいな。そうしたらご飯にしようか」

「うんっ！　ソラおなかすいたー」

「わふっ！」

そんなことを話しながら扉を開けて帰宅する。

「ただいまー……ん？」

帰宅したらいつもヨルが出迎えてくれるのだが、今日はそれがなかった。

それどころか家を見渡してもどこにも姿が見えない。いつもソファに座っているのにそこにもいない。いったいどこに行ったんだ？

「リリアも来てるかと思ったんだけどいないな。二人ともどうしたんだ？」

ヨルが一人で外に出ることなんてない。

もしかしてなにかトラブルに巻き込まれたか!?

心配になりながら家の中に入っていくと、あることに気がつく。

「ん？　これは……煙？　いや、湯気か？」

家の奥から白い湯気が漂ってきていた。

なんだこれは？　今までこんなことなかったぞ。

俺は警戒しながら家の奥に入っていく。

すると俺は今まで見たことのない扉があることに気がつく。

その扉は僅かに開いていて、その隙間から湯気が部屋に入ってきていた。

「なんだこの扉？」

この家には色々な部屋があることは知っている。

いくつか出して中を見たことはあるけど、この部屋は初だ。いったいなんの部屋なんだ？

「ヨルー？　いるかー？」

扉を開けて中に入る。

するとそこには……豪華な風呂場が広がっていた。

「……へ？」

ぽかんと放心する俺。

ていうかここ外じゃない？　いつ家から出たんだ？

後ろを振り返ってみると、そこにはもちろん俺が入ってきた扉がある。

だけど……家はなかった。

扉だけがそこにある、異様な光景だ。

「これは時空間魔法か？　また凄いものを作ったな俺のご先祖様は……」

この温泉はきっと家から遠いどこかにあるんだろう。

そこと家が時空間魔法で繋がってるんだ。そう考えれば辻褄《つじつま》が合う。

それにしてもよくこんな施設が綺麗に残っていたものだ。

そう考えていると……。

「イラッシャイマセ。新タナ主人《マスター》」

「へ？」

声のした方を見てみると、そこには体が金属で出来ている人形がいた。

背丈は人間と変わらないけど、明らかに普通の生き物とは違う。これはもしかして……。

「もしかして魔導人形《ゴーレム》か？」

「ソノ通リ。私ハコノ温泉ヲ任サレテイル魔導人形《ゴーレム》『ＡＭＮ－06』ト申シマス。ココの領域ノ管理保全ヲ担当シテイマス。以後オ見知リ置キヲ」

「あ、ああ。こちらこそよろしく」

執事服に身を包んだ丁寧なゴーレムと握手する。

魔法技術が進んでいる国ではゴーレムが普通に街中で動いているらしい。だけどアガスティア王国はそこまで進んでいないので、俺は今まで見たことがなかった。

「でもゴーレムってまだ大雑把な指示を聞いてもらうことしか出来なかったはず。こんな風に自由に話せるゴーレムなんて聞いたことないぞ？　それなのに三百年も前にこんなものを作るなんて」

相変わらず俺のご先祖様は規格外だ。

このゴーレムを外に出したら大騒ぎになるだろうな。

「オ名前ハリック様トオ伺イシテオリマス。間違イナイデショウカ？」

「ああ。間違いない」

「カシコマリマシタ……ハイ、正式ナ主人《マスター》トシテ登録完了イタシマシタ。コノ情報ヲ全端末ニ同期イタシマシタ、以降全端末ニ命令可能デス」

「……よく分からないけどありがとう」

「イエ、コレガ役目デスノデ。ソレヨリ……オ連レノ方ガオ待チデス。ドウゾ奥へ」

「あ、ああ」

ゴーレムに促され、奥に行く。

するとそこにはリリアとヨルの姿があった。

「ここにやっぱりいたか……って、え!?」

現れた二人の格好は、普段とはかなり違っていた。

タオルを体に巻いているだけで、他にはなにも身に纏っていない。そして長い髪は巻き上げられ、うなじが見えるようになっている。

少し考えれば予想出来た。二人はお風呂に入ってたんだ。

それに気づかず入ってしまうとは不覚……！

「わ、悪い！　まさかお風呂に入ってるとは思わなくて……」

急いでその場から立ち去ろうとする。

しかしそんな俺の手をリリアはつかんで引き止める。

ど、どういうことだ？

「待ってくださいリックさん！　私達、リックさんを待っていたんです！」

「……え？」

意味が分からず思考が停止《フリーズ》する。

どういうことかとリリアの言葉を待つけど、なぜか彼女もあわあわと停止《フリーズ》してしまっている。

するとそれを見かねたヨルが口を開く。

「いつも頑張ってるリックを二人で労おうって話した。体も汚れてるみたいだし丁度いい。今すぐ服を脱いでこっちに来て」

「いや、それは恥ずかし……っておわあっ⁉」

物凄い力と手際の良さでひん剝かれた俺は、タオル一枚のみ着用して連行される。

「えっとそれじゃあ……洗いますね」

「ふふ、覚悟するといい」

強引な二人に流されるまま、俺は体をゴシゴシと洗われた。

こんなふうに石鹼で体を洗うなんて、王都から出て以来だ。正直めちゃくちゃ気持ちがいい。

だけど女の子二人に洗われるというのはなんとも恥ずかしむず痒《がゆ》い。

いけないことをしている気分だ。

「あの、二人ともそれくらいで……」

「まだ汚れは落ちてない。こことか」

「あひゅん！」

「私も頑張ります！　えい！」

「ひゃいん！」

……と、そんな感じで辱められた後、俺は温泉に体を沈める。

ああ……温かい。丁度いい温度だ。

体が中からポカポカと温まっていく。これは疲れも吹き飛ぶな。

住んでいた王城にも大浴場はあった。

だけどこんな大自然の中にある風呂なんてもちろんない。開放感が凄くて最高だ。

それに城のはただのお湯だったけど、これは天然温泉。

【鑑定】してみると『効能：疲労回復。魔力回路修復。魔力回復。肩こり腰痛ｅｔｃ……』と色々出てきた。道理で気持ちいいわけだ。

「ひろくてたのしーい！」

「わふわふっ！」

ソラとベルも楽しそうに泳ぎ回っている。

お行儀はよくないけど、俺達以外に人がいるわけでもない。大目に見るとしよう。

と、こんな素敵なものを残してくれたご先祖様に感謝しながら日頃の疲れを癒していると、ヨルとリリアも温泉に入ってくる。

そして自然な流れで俺の両隣に座ってくる。

……あれ？　さっきまで巻いていたタオルがなかったぞ？

もしかして……。

「あ、あの。あまり見ないでいただけると助かります……っ」

耳まで真っ赤にするリリア。

いやいや！　そっちが脱いだんだろ！　……とは言えず、俺は慌てて視線を逸《そ》らす。

湯気であまり見えなかったのが幸いだ。

「安心して。リリアのそれは立派な武器。むしろもっと活かすべき」

ヨルがよく分からないフォローをする。

するとリリアはその言葉を真に受けてもっと体を近づけてくるじゃないか。

柔らかいものが腕に当たるが、俺は鋼の精神力で耐える。

『夜の支配者《ナイトロード》』のスキル『夜王絶技《ナイトアーツ》』には精神力を強化する効果もある。これがなければまずかった……。

「……まったく。どうしたんだ二人とも、こんなことして」

今までも甘えてくることはあったけど、今回は度が過ぎている。

俺はなにを考えているんだと問いただす。

「私達はリックに疲れを癒やしてほしかっただけ」

「まあこの温泉は助かったけど、だからって二人まで入る必要はないだろう」

「むう……リックは鈍感。これは手強い」

顔をしかめるヨル。

なにを考えているんだか。

「……まあいい。そっちはじっくり進める。それよりリックに聞きたいことがある」

「聞きたいこと？」

そう聞き返すと、ヨルは真剣な表情で尋ねてくる。

「リックが何者なのか教えてほしい。貴方はどこから来て、なぜここにいるの？」

「……っ！」

俺はまだ、自分が王族であり、国を追われた立場であることを話していない。

エルフ達にも詳しいことを話してはいないのでリリアも知らないはずだ。

「話したくないなら話さなくてもいい。でも話してくれたら嬉しい。一人で抱え込むのは……悲しい」

ヨルの言葉にリリアもこくこくと頷く。

「わ、私も知りたい……です。お力になれるかは分かりませんが、一人で悩まないでください。私達は家族なんですから」

二人とも真剣な表情をしている。

ただ気になるから聞いてるんじゃなくて、俺のことを心配して聞いているんだ。

……俺はばかだな。巻き込みたくないからと自分のことを隠して、その挙げ句心配をさせてしまっている。

逆の立場だったら自分も聞いてたくせに。本当に大馬鹿野郎だ。

「そうだな、話すよ。そんなに楽しい話じゃないけど聞いてくれるか？」

俺は二人の頭を優しくなでたあと、自分のことを話し始める。

ヨルはその話を静かに聞き、リリアは時に怒り、時に涙を流しながら聞いてくれた。

全てを話し終わった時、俺は呪いが解けたようにすっきりとした気持ちになっていた。

この日、俺達は本当の家族になったんだ。

◇　◇　◇

「ふう……平和だ」

なんでもないある日。

俺は静かな時間を一人で過ごしていた。

今日は珍しくヨルが外出している。ソラとベルも一緒に出かけたので俺は一人きりだ。

こんな時間は滅多にない。騒がしいのもいいけど、静かな時間も嫌いじゃない。謳歌《おうか》させてもらうとしよう。

「……ご先祖様は、この家で誰かと一緒に過ごしていたのかな」

ふと俺は、この家の元の持ち主である『アイン』のことが気になる。

アインは凄い武器や魔道具、ゴーレムを持っていたけど、それをアガスティア王国には残さず全てこの家に残した。

それらがあればアガスティア王国はとてつもない力をつけていたはずだ。

いったいなぜなのだろうか。気になるな。

「うーん……あ。そうだ。気になるなら視ればいいじゃないか」

神の目には過去を視る力がある。

今までは作業中のアインしか見ていなかったけど、普段どんな生活をしていたか見ればなにか分かることもあるかもしれない。

いい考えだ。さっそくやってみよう。

「過去視《パストアイ》発動――――！」

目に力を入れ、過去を覗き見る。

すると俺が座っている椅子の、机を挟んで向かい側にぼんやりと影が浮かんでくる。

金色の髪をした壮年の男性。

俺のご先祖様であり、アガスティア王国の建国者アイン・ツードリヒ・フォン・アガスティアその人だ。

アインは椅子に座りながら優雅になにかを飲んでいる。周りに誰かがいる様子はない。

一人で暮らしていたのだろうか。そんなことを考えながらジッと見つめて観察する。するとアインの視線がだんだんと俺の方を向き……俺と完全に目が合った。

「――――っ!?」

鳥肌が立ち、背筋が凍りつく。

俺はとっさに椅子から離れ、アインから距離を取る。

俺が見ているのは過去の幻影のはず。目が合うはずがない。

それは分かっている……分かっているが、アインの目の動きは俺を見ているようにしか見えなかった。

『…………』

アインはしばらく黙ったあと、ゆっくりと口を開く。

『驚かせてすまない。我が子孫よ』

声が聞こえるわけじゃない。

だが神の目は口の動きだけで相手がなにを言っているのかを認識出来る。いわゆる『読唇術』ってやつだ。

「俺が……見えているのか……？」

『ああ、しっかりと見えているよ』

そう口を動かしてアイン、いやアインさんは微笑む。

なぜ俺のことが見え……いや、もしかして……。

「もしかして持っているのか。『神の目』を」

『ご名答。神の目は未来を視ることも出来る。過去から未来を視て、未来から過去を見れば、そこに時間の壁は存在しない』

なんてこった。

時間を超えて会話出来るなんて信じられない。

だけど一つ納得出来ることもある。

とてつもない力を持っていたご先祖様、アイン。彼が神の目を持っていたのならその常識はずれの力にも説明がつく。

「まさかご先祖様と話すことが出来るなんて……さすがに緊張するな……」

俺はひとまず席に着き直し、ご先祖様と向かい合う。

不思議な気分だ。話している相手が過去に生きている人だなんて。

『……さて、なにから話したものか。聞きたいことはたくさんあるだろう？』

「そうですね。この家のこと、神の目のこと、そして貴方のこと。聞きたいことは山のようにある」

『全て答えたいのは山々だが、おそらく長話をすることは出来ない。過去は確定した事項だが未来とは常に変動するもの、私が君を観測出来る時間は限られている。それに過去視は長時間の使用に向いていないからな』

アインさんの言う通り、過去視《パストアイ》は目にかかる負担が大きい。今こうしている間も目が熱を持っていく。

話は手早く済まさないと。

「分かりました。では最初にこの家のことを教えてください、なぜこの家にこんな凄い物を残したのですか？　王国には残さずに」

『……いくら崇高な目的を持って作られた組織も、代が変われば最初の理念は失われるものだ。私は自分の作った国が他国を害する愚かな国になってほしくなかった。ゆえに私の生み出した技術の数々はこの家に封印した。いつか現れる新たな『神の目』の持ち主に託すために』

なるほど、確かに俺の父親がここにある物を持っていたら大変なことになっていただろう。

考えただけで恐ろしい。

『占星術により私の子孫に神の目を継ぐものが生まれるのは分かっていた。私はその者が力を恐れられ、迫害されることを危惧した。ゆえに王家の者を処刑する時はこの森に捨てる決まりを作った。

不安ではあったが……こうして無事後継者がたどり着いたところを見るに正解であったようだな』

アインさんは安堵の表情を浮かべる。

それにしても驚いた。処刑の理由こそ違うけど、この配慮のおかげで俺は助かったんだ。

「ありがとうございます。その決まりがなければ、ここにたどり着かず死んでました」

『礼など不要だ。むしろ私は謝らなければいけない、家族に殺されるような国を作ってしまって申し訳ない』

アインさんは頭を下げる。

本当に出来た人だ。俺の父親にも見習ってほしい。

そんなことを考えていると、アインさんの体がブレ始める。

『……どうやら話せる時間もあと僅かのようだ。次に聞きたいことはあるか？』

「はい。それでは『神の目』のことを教えてください。この力はいったいなんなのですか？」

アインさんは少し考えるような素振りを見せたあと、慎重に言葉を選びながら口を開く。

『この世界には神が実在する。我ら『神の目』は、その神と通信することの出来る唯一の存在なのだ』

「……神、ですか」

神様、それは人智を超えた超常の存在。

この大陸に複数存在する宗教、そのどれも言ってることはバラバラだけど、神という存在を崇拝していることに変わりはない。

スキル『神の目』は、まるでその神様のような目を手に入れられるスキルだと思っていた。

まさか本物の神様が関係しているスキルだったとは。

「そういえばこの家に残されていた道具には神の名を持つ物がありました。それもその神様から貰った物なのですか？」

『君が言っている神とは「豊穣神」や「狩猟神」のことだろう。その問いには「違う」と答えよう。それらの神は私の言う神より下位の存在だ。神の目が通じている神は唯一にして絶対の存在、この星そのものと言っていい「絶対神」なのだ』

話が大きくなりすぎて頭が痛くなってきたぞ。

情報量が多すぎる。

『絶対神。名を「メビウス」というそれは、この星に蓄えられた情報全てを保持している情報統括思念生命体だ。全ての命が記憶した事象は土に還ると同時に星に結合し、絶対神《メビウス》に記録される。人、魔物、微生物。全て平等にな』

「……なるほど。だから絶対神《メビウス》と繋がれる『神の目』は全ての情報を見ることが出来るのですね」

『その通り。察しが良いな』

「でも【鑑定】スキルも文字は見えますよね？　あれはなんなのですか？」

『神の目に目覚める素質を持ちつつも、目覚めさせることが出来なかった者は【鑑定】スキルを手に入れる。【鑑定】スキルでは表層の知識しか得ることは出来ない。不運だが仕方のないことだ』

なるほど。

だから【鑑定】スキルは他のスキルと違い、変わった効果をしているのか。

『そもそもスキルを授かる「宣託の儀」という儀式自体が「神の目」を持つ者を生み出すため始まった儀式なのだが……この話も長くなる。今はやめておこう』

目の前のアインさんの姿のブレが強くなる。

凄い気になることを言っていたけど、喋れる時間の終わりが近いみたいだ。

「……では最後に教えてください。俺はなにをすればいいんですか？　この力を得たからにはなにかしなくちゃいけないことがあるはずです。教えてください！」

そう尋ねると、アインさんはふっと笑みを浮かべる。

なにかに安堵したようなそんな優しい表情だ。

『好きに生きろ』

「……へ？」

想像だにしてなかったその言葉に、俺は思わず呆《ほう》けた声を出す。

『私は好きに生きた。助けたい人を助け、愛したい者を愛し、許せない存在を倒した。理想の国を興し、子どもを愛し、自由な余生を送った』

そう語るアインさんの顔は満ち足りていた。

この人は本当に後悔のない人生を送ったんだと分かった。

『だから君もそうするといい。確かに神の目を持つ者には使命がある、だがそんなもの無視しても構わない。君がその使命に納得出来ないのであればな』

まさかそんなことを言われるとは思わなかった。

この人は本当に凄い人だ。

『最初に君の目を見た時、私は安心した。君にならここに遺した物を託しても大丈夫だと。もし信用出来ない者が後継者であるならこの家は壊そうと決めていた』

「アインさん……」

『私の遺した国は良くない方向にいってしまったかもしれない。だが君という存在を未来に残せたのなら私の人生は百点だ。ありがとう、我が子孫よ』

「俺の方こそありがとうございます。貴方という人が先祖なのは俺の誇りです」

席を立ち、胸に手を当てて頭を下げる。

これはアガスティア王国において最上級の敬意を表す動作だ。

アインさんはそれを見て少し驚いたような顔をした後、満足そうに笑みを浮かべる。

そしてその姿は徐々に薄れていき……完全に消える。

「『好きに生きろ』、か」

神の目とこの家にあった武具を手に入れて、少し気負っていたところがあったけど、その言葉でかなり楽になった。

ご先祖様の言う通り、好きに生きよう。

あの人みたいに後悔のない人生を生きられるように。俺はそう思うのだった。

書き下ろし　リリアとヨル

リックの家にヨルが住んでからまもなくのこと。

ヨルは家で留守番をしていた。

「……たいくつ」

リックとソラは外に狩りに行ってしまった。

一人じゃ悪いとベルを置いてはいったが、ベルは日に当たりながらすやすやとお昼寝に勤しんでいた。

退屈だからと起こすのも悪い。ヨルは一人時間を持て余していた。

「ふあ……なんだかベルを見ていたらこっちまで眠くなってきた」

ゆっくりと体を包んでいく睡魔に身を任せ、寝ようとする。

すると次の瞬間、バン！　と大きな音を立てながら扉が開いた。

「お邪魔します！」

眩《まばゆ》い金髪を揺らしながら入ってきたのは、エルフのリリアであった。

寝ようとしていたヨルは彼女の入って来た音に驚き、体をビクッと震わせる。気持ちよく寝ようとしていたヨルは不機嫌になるが、リリアはそんなことに一切気づかず彼女に近づく。

「あ！　ヨルさんおはようございます！　リックさんは留守でしょうか？」

「……そう。私とベルしかいない」

少しむすっとしながら、ヨルはソファに座り直す。

するとその隣にリリアが座る。

リックがいないと知ったら帰るだろうと思っていたヨルは「え？」と驚く。一方リリアはヨルのことを見ながら「えへへ」と嬉しそうに笑っている。

ヨルは目の前の少女が何を考えているか全く分からなかった。

「……なに？」

「今日はヨルさんと仲良くなりたいなと思ってここに来たんです。よければ少しお話ししませんか？」

眩しい笑顔を向けながらリリアは言う。

その邪気のない笑顔にヨルは眩しそうに目を細める。長い間暗い人生を送ってきた彼女にとってリリアのような『陽』の気を持つ人は異質。どう接していいかヨルは分からず困惑する。

「わ、分からない」

「えっと私はここから離れた村に住んでいるんですけど」

「も、もう話し始めてる……!?」

すっかりペースを握られてしまったヨルは、やむを得ずリリアの話を聞く。

彼女のする話は本当に普通の、ありふれた日常会話であった。

村で起きたちっちゃな小競り合い、最近リックと食べたもの、ソラやベルのうっかり話。どこにでもある、本当に普通の話だ。

しかしヨルはそんな普通の話をしばらく誰ともしていなかった。なのでリリアの話が新鮮に感じ、思わず聞き入り……そしてつい笑ってしまう。

「……ふふっ」

「あー！　今笑いましたよね!?」

「いや、知らない」

「うそ！　絶対笑いましたよ！　私見ました！」

「気のせい」

「そんなことありませんもん！」

まるで子どものような言い合いをするヨルとリリア。

二人はしばらく顔を見合わせて……同時に笑う。

「ふふっ、リリアは思っていたより変な子」

「そんなことないです！　変わっているのはヨルちゃんです！」

ぎゃいぎゃいと言い合いする二人。

そこには最初あった心の壁はなく、まるで昔からの友人のように話す二人の姿があった。

「ところでその『ヨルちゃん』って呼び方はなに」

「あれ、嫌でしたか？　いい呼び方かなって思ったんですけど。ヨルちゃんとってもかわいいですし！」

「べ、別に嫌ってわけじゃないけど……」

正面からかわいいと言われ、ヨルは少し頬を赤らめ目をそらす。

リリアはそんなヨルのかわいらしい反応を見て、胸がきゅんとときめくのを感じた。

「……なに？　息が荒いんだけど」

「はあ、はあ……かわいい……」

「ちょ、目が怖い！」

「痛ったぁ！　む、胸を叩きましたね⁉　痛いじゃないですか！」

「おっきい胸をしているのが悪い」

「なんですかその言い訳は！　ほら、胸のここ、まっかっかになっちゃったじゃないですか！」

「ただいまー。て、なんだ。やけに騒がしいな」

こうして彼らの日常は騒がしく過ぎていくのだった。

あとがき

皆様はじめまして、作者の熊乃げん骨と申します。

本作をお買い上げいただき、ありがとうございます。楽しんでいただけましたならとても嬉しいです！

私は今までに小説を何作品か手がけていますが、本作は初めて『スキル』に重きを置いた作品になります。

どんなスキルを掘り下げたら面白くなるだろうかと考えた結果、もっともポピュラーだけどあまり掘り下げられない『鑑定』スキルに目をつけました。

ＲＰＧをやっていると分かると思いますが、相手の情報が分かるのってかなりアドバンテージがありますよね。どんな能力を持っているのか、どの属性が弱点なのか、残りのＨＰとＭＰは等々かなり有用に感じます。

しかしながら小説だと役に立つ場面が少なく感じましたので、本作では『鑑定』の強さを存分に発揮できればと思います。

そしてドンドン強くなっていく主人公と、彼を取り巻くかわいらしいヒロインたちとのやり取りも、楽しんでいただけますと嬉しいです。

強くかわいく面白いヒロインをまだまだ考えています！

最後に謝辞を。

本作のイラストを担当してくださったチーコ先生、ありがとうございます。

戦闘シーンはかっこよく、ヒロインたちはかわいく描いていただきとても嬉しかったです！　おかげさまでとてもよい本になったと思います！

そして担当してくださった編集さん。校正さんや営業さんなど本作にかかわってくださったすべての人にお礼を申し上げ、あとがきを締めさせていただきます。

また皆様にお会いできるのを楽しみにしています！

2023.8

EARTH STAR NOVEL

王家から追放された俺、魔物はびこる森で超速レベルアップします
～最弱スキルと馬鹿にされた『鑑定』の正体は、全てを見通す『神の目』でした～

発行 ―――― 2023年10月18日　初版第1刷発行

著者 ―――― 熊乃げん骨

イラストレーター ―――― チーコ

装丁デザイン ―――― 大原由衣

発行者 ―――― 幕内和博

編集 ―――― 古里 学

発行所 ―――― 株式会社アース・スター エンターテイメント
〒141-0021　東京都品川区上大崎3-1-1
目黒セントラルスクエア　7F
TEL：03-5561-7630
FAX：03-5561-7632

印刷・製本 ―――― 中央精版印刷株式会社

ISBN 978-4-8030-1850-9